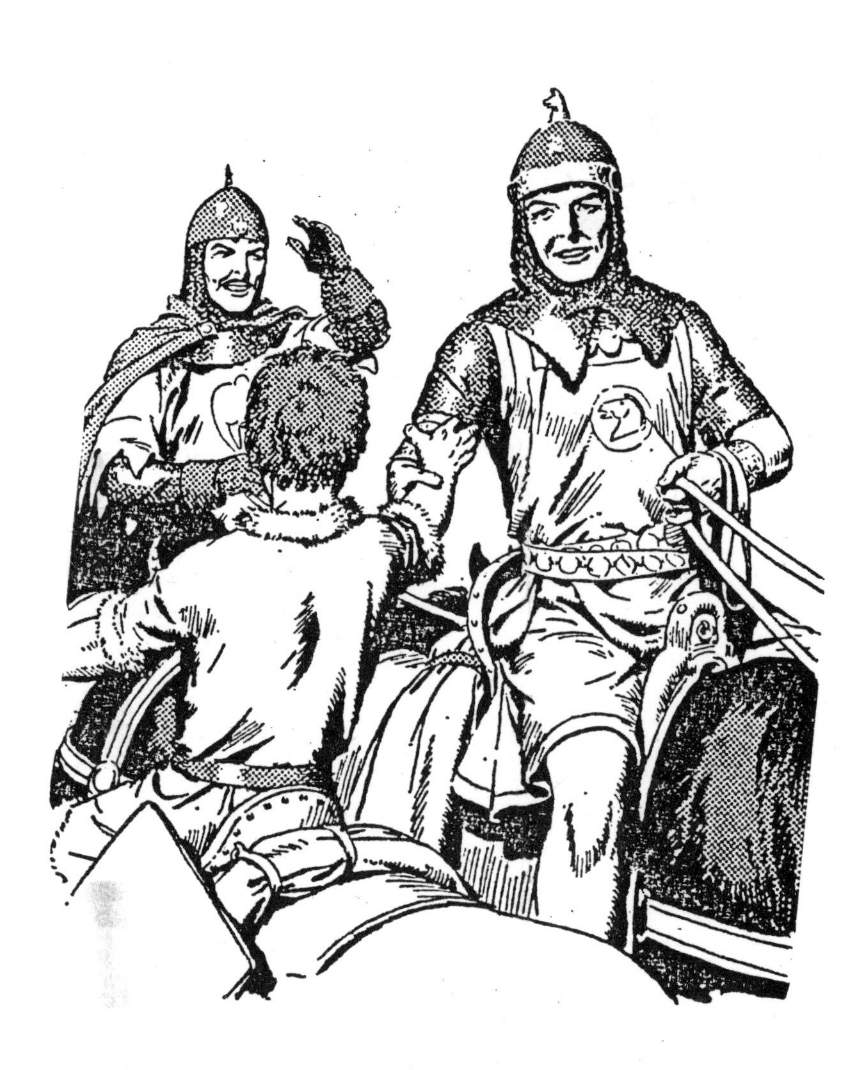

Von Harold Foster

in der neuen Bearbeitung von
Christiane de Troye und Eberhard Urban

Gondrom

Lizenzausgabe für Gondrom Verlag GmbH & Co. KG, Bindlach 1993

Einbandgestaltung: Werbestudio Werner Ahrens

ISBN 3-8112-1074-2

Der Sieg über die Sachsen

Modreds Verschwörung an König Arthurs Hof war fehlgeschlagen. Er hatte die Macht ergreifen wollen — und war ausgelacht worden. Ihm schien es besser, Camelot für eine Weile zu meiden. Mit seinen Gefolgsleuten zog er nordwärts, heim noch Lothian, neue Ränke zu schmieden. So kamen sie zum Tal des Weißen Pferdes. Und dort sahen sie eine Rotte kriegerischer Sachsen lagern. Ein Reiter brachte diese Nachricht umgehend nach Camelot.

Unverzüglich erstattete der Bote dem König Bericht. „Das kann nur ein Erkundungstrupp sein", mutmaßte König Arthur, „keine Armee kann jetzt im Winter umherziehen. Die Lebensmittel sind knapp, die Flüsse führen Hochwasser. Ein Reiterheer jetzt gegen die Sachsen auszusenden ist zwecklos, es gibt für die Pferde nicht genügend Futter. Wir werden einen Spähtrupp losschicken, ihre Absichten zu erkunden. Wählt drei junge Ritter aus, die sich gern auszeichnen möchten, und drei junge Burschen als Botschafter."

Wie oft hatte Aleta schon die Satteltaschen für ihren Gemahl gepackt, wenn er dem Feind entgegenreiten mußte. Nun packte sie die Taschen für ihren Sohn. Denn Arne war einer der ausgewählten Botschafter — dank seiner Geschicklichkeit während des vergangenen Feldzuges in Wales. Wie gern wäre Eisenherz mitgeritten, aber er mußte die Kriegsübungen für die Ritter vorbereiten.

Der andauernde Regen weichte den Boden auf, jeder Bach wurde zum reißenden Strom. Der Spähtrupp fühlte sich kläglich. Nur Arne nicht, er brannte auf neue Abenteuer. Endlich erreichten sie das Tal des Weißen Pferdes. Das Tal war leer. Arne ging freiwillig auf Kundschaft. Die Feuerstellen waren längst erkaltet, der Boden zeigte viele Abdrücke, dann führten alle Spuren in eine Richtung. Und in dieser Richtung mußte das Lager der Sachsen liegen.

Die drei jungen Ritter fertigten einen ausführlichen Bericht über die Sachsen an. Damit wurde einer der Boten nach Camelot geschickt. Ein Ritter meinte: „Diese Sachsen führen keine Banner, sie sind nur auf Kundschaft. Und sie haben einen leichten Weg mitten ins Herz Britanniens gefunden. Wir müssen feststellen, ob es Hengists Mannen aus Kent sind oder Bethwalds Krieger aus Essex." „Ihr Herren", sprach Arne, „Owen und ich sind klein. Wir können durch das Heidekraut kriechen und nahe an die Sachsen heranschleichen, um die Abzeichen des Anführers zu erkennen."

Die beiden mutigen Burschen ritten geschwind den Sachsen voraus. In einer Entfernung, die einem Tagesmarsch entsprach, banden die beiden ihre Pferde an. Im sicheren Versteck erwarteten sie die Sachsen.

„Da“, rief Owen, „sie kommen. Geradewegs auf uns zu. Ich nehme an, sie sammeln Feuerholz für die Nacht.“ „Oh, nein“, flüsterte Arne, „sieh, sie sind voll bewaffnet. Das sind Wachposten. Wenn sie hier über uns Posten beziehen, sind wir umzingelt.“ „Wir schleichen uns durch die Büsche hinter den Wachposten, dann wird mein jungfräuliches Schwert rot von Blut, und ich bin endlich ein Mann!“

Doch Arne lehnte diesen Vorschlag ab. „Wir haben vor allem eine Aufgabe zu erfüllen, nämlich die Sachsen auszukundschaften.“ Arne kroch auf das Sachsenlager zu. Da ertönte ein Warnruf, darauf ein Schmerzensschrei. Arne blickte zurück. Owen hatte seinen Plan in die Tat umgesetzt, Ruhm zu gewinnen. „Dieser hitzige Narr“, murmelte Arne, „damit hat er uns verraten.“

Owen erkannte zu spät, daß nur die Pferde die Flucht hätten ermöglichen können, und daß er beide nehmen mußte, um nicht verfolgt zu werden. Nun wußten die Sachsen, daß es zwei Spione gab. Und dieser zweite, der nicht entkommen konnte, mußte noch in der Nähe sein.

Arne hatte nur einige Minuten, sich einen Plan auszudenken, bevor die Suche nach ihm begann. Sicher würde er entdeckt werden. Und die Sachsen machten keine Gefangenen. Speerspitzen stocherten im Heidekraut und in den Büschen. Die Feinde kamen näher und immer näher.

Prinz Arne erhob sich aus seinem Versteck. Keck schritt er auf die Sachsen zu. ,,Möge mir die Göttin des Glücks eine glatte Zunge schenken, damit ich überzeugend lügen kann", dachte er. Mit lauter und fester Stimme befahl er: ,,Bringt mich zu eurem Anführer!" ,,Es macht weniger Mühe, wenn wir ihm nur deinen Kopf bringen", antwortete einer der Barbaren und zog sein Schwert. ,,Wage es, und du mußt dich vor meinem Vater verantworten. Er ist ein Seekönig, er heißt Boltar."

Arne wurde vor den Sachsenhäuptling gebracht. Denn auch unter den Sachsen war Boltar berühmt, und die Taten dieses Wikingers mit dem flammenfarbenen Bart wurden in Liedern und Geschichten erzählt. Auch Prinz Arnes Haare waren rotblond. ,,Ich habe vernommen, daß Boltar einen Sohn hat", sagte der Häuptling, ,,dann bist du also Boltarson. Warum bist du hier?"

Während Arne mit dem Sachsenhäuptling sprach, ritt Owen zu seinem Spähtrupp zurück. Er war jetzt ein Krieger, denn er hatte einen Feind getötet und war geflohen. Aber er hatte auch seinen Freund Arne im Stich gelassen und seinen Auftrag nicht erfüllt.

Er berichtete den drei Rittern, daß Arne von den Sachsen gefangen — und wahrscheinlich getötet worden war. Er verschwieg allerdings, wie es dazu gekommen war.

Unterdessen sprach Arne zu dem Sachsenhäuptling: „Ich wurde als Geisel nach Camelot geschickt, ich sollte die Art der Briten kennenlernen. Aber das ist nichts für mich. Vorhin konnte ich endlich entkommen, um bald wieder an Bord von meines Vater Schiff zu sein und zu lernen, mit Männern zu kämpfen."

Owen war der letzte Botschafter des Spähtrupps. Er wurde nach Camelot gesandt, die letzten Nachrichten an den königlichen Hof zu bringen. Dort mußte er auch Arnes Eltern gegenübertreten. Owen machte sich bittere Vorwürfe ob seiner Eigenwilligkeit.

Nach wenigen Tagen hatte er den Weg vom Tal des Weißen Pferdes bis nach Camelot zurückgelegt. Jetzt stand er dem König gegenüber und erstattete Bericht. Als es daran ging, von Arnes Gefangennahme zu erzählen, stockte Owen. Auf Camelot wurden die Pagen und Knappen sorgfältig in der ritterlichen Tugend unterwiesen, daß sie nie einen Grund hatten, sich zu schämen. Doch Owen schämte sich.

Als Owen den Eltern Arnes gegenübertrat, konnte er nicht länger die Wahrheit verschweigen. Tränen rannen ihm über die Wangen, als er endlich die ganze Geschichte herausstotterte. Wie er Ruhm und Ehre gewinnen wollte und dabei seinen besten Freund verlor.

„Schau nicht so tiefbetrübt drein, Owen, Arne steckte schon oft in der Klemme, nicht wahr, Aleta. Mit seiner Geschicklichkeit und seinem klaren Verstand hat er sicher seine Aufgabe inzwischen erledigt und ist schon auf dem Rückweg. Ich sollte ihm vielleicht entgegenreiten." Prinz Eisenherz schien ohne Sorge um seinen Sohn zu sein.

Prinz Eisenherz und Aleta versicherten einander so oft, Arne wäre in Sicherheit, daß sie bald anfingen daran zu glauben. Die Mutter dachte an die Zeiten, als Arne noch ein Säugling war, warm und hilflos. Und daran, wie er als kleines Kind ein Tolpatsch war und ein süßer Junge, der bei ihr Trost und Liebe suchte. Der Vater erinnerte sich an den robusten, halbstarken Burschen, nicht Kind und nicht Mann. Ein junger Adler, der seine Flügel erprobte. Nein, Arne, ihr Sohn Arne, er konnte nicht in Gefahr sein.

Eisenherz verließ mit Owen Camelot. Der Prinz hielt sein Roß Arwak zu ruhigem, langsamen Gang an. So konnte Aleta, die ihm nachblickte, sehen, daß er keine Angst um Arne hatte.

Camelot war hinter dem hügeligen Horizont verschwunden, und schon preschte Prinz Eisenherz los. Er wußte, wie die Sachsen mit ihren Gefangenen umgingen. Owen führte ihn zu den drei Rittern, die die Sachsen beobachteten. Von der Kuppe einer Anhebung blickten sie hinunter in das Tal . . .

. . . und dort sahen sie Arne. In angeregter Unterhaltung mit dem Häuptling der Sachsen. Die Horde zog nach Westen, und Arne schien ihnen den Weg zu weisen! Eisenherz kam ein schrecklicher Gedanke: „Haben die Barbaren meinen Sohn gefoltert? Haben sie ihn unter Qualen und Schmerzen gezwungen, ihnen als Führer zu dienen?"

Arne — die in Britannien eingefallenen Sachsen hielten ihn für Boltarson, des Seekönigs Boltar Sohn — war nicht gequält worden. Aber er wurde immer bewacht, weil die Sachsen ihm noch nicht völlig trauten.

„Was liegt auf dem Weg voraus, Boltarson?" fragte der Häuptling. „Gefahr", antwortete Arne, „im Norden verwüstetes Land, beraubt aller Nahrung. Im Süden das Herz Britanniens, geschützt durch den Wansdyke, einen Wall, quer durch das Land gezogen." Arne führte die Sachsen zum Wansdyke. „König Vortigern hat diesen hohen Wall errichten lassen, um damals die wilden Stämme aus dem Norden abzuwehren. Seit diese Völker unter König Arthurs Herrschaft leben, wird der Wall nicht mehr gebraucht."

War Arne zum Verräter geworden, der freiwillig dem Feind den besten Weg zeigte, Camelot anzugreifen und zu erobern?

Trotzdem hatte der Sachsenhäuptling die Absicht, seinen nützlichen Gefangenen zu töten. Nachdem er alle Hinweise und Kenntnisse erfahren hatte. „Wie können wir am leichtesten den Wansdyke überwinden?" fragte er.

„Ihr müßt nicht den Wall überqueren", erklärte Arne, „der beste Weg in das Herz Britanniens führt durch das Tal der Themse, dann südwärts. Nur eine schwierige Stelle ist zu passieren, das Fort auf Badon Hill, aber das ist schon seit langer Zeit zur Ruine zerfallen." „Warum erzählt der junge Wikinger uns das alles?" wollte der Häuptling wissen.

Prinz Eisenherz beobachtete, wie Arne mit den Sachsen sprach. Es schien wahr zu sein, Arne war zum Verräter geworden. Jetzt erklärte er den Sachsen: ,,Mein Vater Boltar begehrt die Schätze von Camelot. Aber wie soll er als Seeräuber tief ins Land eindringen? Für meine Hilfe verlange ich einen Anteil an der riesigen Beute und sichere Rückkehr auf meines Vaters Schiff.''

Da Arne sich so gut hier auskannte, fragte ihn der Anführer der Sachsen: „Unsere Vorräte gehen zur Neige. Gibt es in der Nähe eine Ansiedlung, die wir überfallen und plündern können?“ „Die Nachricht, daß die Sachsen geplündert haben, würde sicher zu König Arthur gelangen. Er würde wachsam werden und sich auf einen Angriff vorbereiten“, meinte Arne, „aber ruft die besten Jäger zusammen. Ich werde sie zu einem Rudel Rotwild führen.“ Arne bestieg mit den Sachsen einen Hügel. Und er wußte, daß jede seiner Bewegungen von den drei Rittern verfolgt wurde. In einer Senke jenseits des Tales teilte Arne die Männer ein. „Ihr stellt euch hier auf, ich gehe mit meinen beiden Freunden“, er wies auf seine Bewacher, „in den Wald, wir treiben das Wild auf euch zu.“

Da, als Arne und seine Bewacher mit der Treibjagd beginnen wollten, ritt auf rotem Pferd ein Ritter auf die Lichtung. Prinz Eisenherz war gekommen, seinen Sohn zu retten. „Lauft in den Wald, versteckt euch!" Angetrieben durch das Donnern der Hufe verschwanden die beiden Sachsen schnell im dichten Wald. Arne warf sich ins Heidekraut und war nicht mehr zu sehen. Sollte der gefangene Boltarson entkommen, würden die beiden Bewacher dies mit ihrem Leben bezahlen müssen. Aber dem Ritter entgegenzutreten würde auch tödlich sein. Die zwei Sachsen sahen, wie der Ritter im Heidekraut nach ihrem Gefangenen suchte.

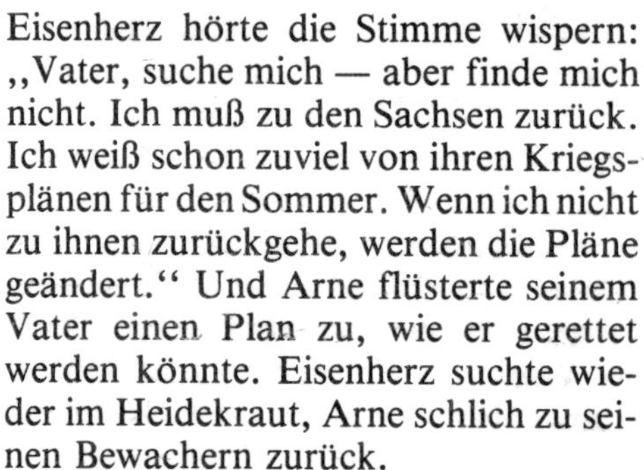

Eisenherz hörte die Stimme wispern: ,,Vater, suche mich — aber finde mich nicht. Ich muß zu den Sachsen zurück. Ich weiß schon zuviel von ihren Kriegsplänen für den Sommer. Wenn ich nicht zu ihnen zurückgehe, werden die Pläne geändert.'' Und Arne flüsterte seinem Vater einen Plan zu, wie er gerettet werden könnte. Eisenherz suchte wieder im Heidekraut, Arne schlich zu seinen Bewachern zurück.

Und während der Ritter im Süden verschwand, konnte die Jagd stattfinden. Die Jäger schleppten reiche Beute ins Sachsenlager. Nun war Arne schon zum zweiten Mal freiwillig zurückgekehrt. Das Mißtrauen gegen ihn war nicht mehr so groß, er erhielt sein Schwert, auch Pfeil und Bogen. Aber seine Bewacher hielten ihn weiter wachsam im Auge.

Im Schatten des Badon Hill gab Arne dem Sachsenhäuptling den wichtigsten Hinweis: „Eine alte Römerstraße durchquert das Tal des Weißen Pferdes, dort drüben führt sie durch ein Seitental und erreicht dann die Höhe der Hügel. Danach öffnet sich das fruchtbare Herz Britanniens. Und all seine Reichtümer warten auf einen Eroberer. Unser Spähtrupp muß weiter unbemerkt bleiben. Aber wenn Ihr es wollt, erkunde ich die Straße. Wenn wir Briten begegnen sollten, dann spreche ich ihre Sprache. Meine beiden Freunde können sich als Bauern verkleiden."

Nun schritt Arne frohgemut auf der alten Straße dahin. „Ich hoffe, Vater folgt meinem Plan", betete er, freudig murmelte er bald darauf: „Da kommt er, pünktlich, wie besprochen." Prinz Eisenherz stieß einen Seufzer aus: „O welch ein Sohn." In den nächsten Augenblicken sollte das Schicksal Britanniens entschieden werden. — Aber was sollte das bedeuten? Neben der nächsten Biegung der Straße hoben die drei königlichen Ritter, die die Sachsen beobachten sollten, ein Grab aus. Ein kleines Grab, groß genug für den jungen Arne.

„Viel Spaß, Sire!“ rief Arne und sprang zur Seite. Arwak donnerte vorbei. Zweimal blitzte das Singende Schwert in der Sonne, dann ritt Prinz Eisenherz zurück. Arne hatte sein Lederwams zerschnitten, jetzt tränkte er es mit Blut. „Der erste Gefallen, den mir die Sachsen gewähren“, sagte er.

Zwei Tage waren schon vergangen, und Boltarson war mit seinen Begleitern nicht wieder in das Lager der Sachsen zurückgekehrt. Der Häuptling rief seine besten Spurensucher, sie folgten der alten Römerstraße. Dann fanden sie die beiden erschlagenen Sachsen. „Jeder ist mit einem mächtigen Schwertstreich getötet worden. Von einem Ritter“, erklärte ein Spurensucher, „denn hier sind Abdrücke von Hufeisen. Auch der Junge ist tot, hier ist sein blutiges Wams, auch mit einem Schwertstreich zerhauen.“

Und da war auch ein frisches Grab, Arnes Pfeile und Bogen lehnten an dem schlichten Holzkreuz aus zwei Ästen. „Sollen wir ihn ausgraben, um sicher zu sein?“ „Nein“, bestimmte der Sachsenhäuptling, „er war ein tapferer Bursche, laßt ihn ruhen. Wer es auch war, der ihn getötet hat, er hatte Achtung vor dem edlen Jüngling und gab ihm ein Grab.“

Die Beobachter auf dem nahen Hügel sahen die Sachsen umkehren. Jetzt endlich konnten sich Vater und Sohn erst herzlich umarmen. Nun galt es, schnell nach Camelot zu reiten und König Arthur zu unterrichten, daß die Sachsen einen großen Feldzug vorbereiteten, ganz Britannien zu unterwerfen. Prinz Eisenherz legte ein solches Tempo vor, das Pferde und Reiter auf eine harte Probe stellte. Die Späher, die er anführte, freuten sich auf die Bequemlichkeiten Camelots. Drei Wochen lang hatten sie in Kälte und Regen ausharren müssen, nur geschützt durch ihre Kleidung. Um von den Sachsen nicht entdeckt zu werden, hatten sie darauf verzichten müssen, sich einen Unterschlupf zu bauen. — Endlich in Camelot, ging Eisenherz sofort zum König. Es wurde Frühling, und bald würden Armeen aufmarschieren.

Die drei Kundschafter berichteten ihrem König alles, was sie beobachtet hatten. König Arthur schwieg für eine Weile, schließlich sprach er: „Es ist nicht üblich, einen Knaben in den Ratssaal zu bitten. Aber Euer verwegener Sohn scheint die Sachsen am besten zu kennen. Ruft ihn herbei, Prinz Eisenherz!" König Arthur blickte Arne an. „Nun, junger Prinz, warum habt Ihr den Sachsen den Weg gezeigt, Camelot anzugreifen?" „Majestät", Arne grinste, „ich habe ihnen gezeigt was sie selbst gefunden hätten. Und jetzt wissen wir genau, was sie vorhaben." „Und warum wolltet Ihr nicht von Prinz Eisenherz gerettet werden?" „Damit die Sachsen ihren Plan nicht änderten." Arnes Gesicht verzog sich in Trauer. „Mein Wissen habe ich dann mit ins Grab genommen."

Die Beratung beim König war zu Ende. Vater und Sohn gingen nach Hause. Arne konnte seine Ungeduld nicht mehr zügeln. In Aletas große Freude mischte sich ein Tropfen Bitternis. Sie hatte zwei Männer, die sie begrüßen durfte — und denen sie immer wieder Lebewohl sagen mußte.

Arne betrachtete seine Mutter. Sie hatte ihn immer beschützt. Ihm schien, jetzt brauchte sie seinen Schutz. Er bot ihr den Arm. Aber es war nicht Aleta, die sich geändert hatte. Arne war anders geworden, der Adler war nun flügge.

Und während Aleta, umgeben von Höflingen und Hofdamen, ihren Charme spielen ließ — auch bewundert von Arne, war Eisenherz in die Rüstkammer gegangen. Arne folgte seinem Vater. Hier herrschte große Geschäftigkeit. Für das große Frühlingsturnier wurden die Vorbereitungen getroffen. Diesmal sollten die Wettkämpfe zugleich das Training für den Sommerfeldzug sein.

Täglich trafen Gäste auf Camelot ein. Keiner vornehmer als Graf Brecey of Brittany, Herr über weite Ländereien und viele Burgen.

Graf Brecey sah Aleta — und war von ihr gefangen. Daß ein stattlicher Mann ihr den ganzen Tag nachstarrte, störte Aleta nicht. Sie war es gewohnt, daß die Männer sie bewunderten. Der Graf befahl einem Diener: „Ich will wissen, wer diese Frau ist.“ Bald erhielt er Bescheid: „Es ist Königin Aleta, ihr Mann heißt Eisenherz, Prinz eines Nordlandes. Sie haben vier Kinder.“ Brecey sprang auf.

Der Graf befahl seinen Vetter Hugo zu sich, seinen besten Kämpfer, der als Totschläger berühmt war. „Du wolltest doch schon immer Lehen und Schloß Glandon haben. Töte mir diesen Prinz Eisenherz während des Turniers, und ich erfülle dir deinen Wunsch." Graf Brecey, mächtig und rücksichtslos, hatte beschlossen, daß Aleta seine Frau werden sollte. „Sobald sie Witwe ist. Ihre Kinder werden eines Tages Könige und Königinnen sein. Als ihr Stiefvater wird meine Macht unermeßlich sein."

Hugo begab sich zum Hof, in dem die Ritter übten. Beim Turnier würde es Preise, Ruhm und Ehre, Applaus geben. Aber seit es bekannt geworden war, daß in diesem Jahr ein Kampf mit den Sachsen auf Leben und Tod bevorstehen würde, trainierten die Ritter besonders hart.

Hugo beobachtete Eisenherz. „Er ist geschickt und gewandter als ich, aber ich bin stärker. Er hält seinen Schild zu tief. Sein einziger Vorteil ist sein Streitroß. Ich muß es verwunden." Inzwischen machte Brecey einen Fehler. Er schickte einen Boten. „Frau Aleta, kommen sie, mein Herr will sich mit Ihnen unterhalten." Der Bote hatte seinem Herrn auszurichten: „Ich, Königin der Nebelinseln, werde dem Grafen eine Audienz gewähren — wenn er mir vorgestellt wird, wie es sich gehört."

Auf Camelot herrschten andere Sitten und ein anderes Betragen als Brecey sie pflegte. Er war wütend. Wie konnte es diese Frau wagen, ihn so abblitzen zu lassen? Brecey suchte Aleta auf. Daß er sich entschuldigen mußte, demütigte ihn. Aber nachdem sie seine Frau geworden wäre, sollte sie dafür schon büßen. „Entschuldigt mein barsches Betragen, hohe Frau. Ich bin ein einsamer Mann. Reich zwar, viele Burgen und Schlösser und ein weites sonniges Land gehören mir. Aber den sanften Einfluß einer guten Frau habe ich nie kennengelernt.“

Hugo erstattete seinem Herrn Bericht: ,,Dieser Eisenherz ist ein guter Kämpfer. Zu Fuß kann ich ihn leicht umlegen für Euch. Aber auf seinem mächtigen Streitroß?" — Am Vortag des großen Turniers wurde ein festlicher Ball veranstaltet. Brecey wich nicht von Aletas Seite. Er hielt sie schon für sein Eigentum. ,,Ich wollte eigentlich die Siegeskrone Euch zu Füßen legen, Euch damit zur Königin der Schönheit erklären. Aber", Graf Brecey seufzte, ,,bei den Übungen habe ich meine Schwerthand verletzt."

„Hugo, ehe die Nacht vergangen ist, mußt du Eisenherz' Hengst gefunden haben. Binde diesen Draht fest um die Fessel eines Beines, unterhalb des Gelenks, und achte darauf, daß die Haare den Draht verdecken. Dann wird der Sieg dein sein." Hugo schlich zur bewachten Weide und wurde ertappt. „Ich will nach meiner Stute schauen", erklärte er — und suchte den großen roten Hengst. Er fand ihn, nahm den Draht, der das Bein lähmen sollte. Und schon lag Hugo mit einer gebrochenen Rippe am Boden. Er hatte gelernt, was jeder auf Camelot bereits wußte: Arwak war sehr gefährlich, ließ niemanden an sich heran. In blinder Wut zog Hugo sein großes Sachsenmesser.

Arwak fühlte, daß dieser Kerl sein Feind war. Der Hengst griff an. Hugo suchte Schutz hinter den anderen Pferden. — In der Dämmerung ging Eisenherz auf die Weide, sein Pferd zu versorgen. Arwak hatte sich losgerissen. Wieder angepflockt, striegelte der Prinz die Flanken seines Hengstes. Da fiel sein Blick auf einen glitzernden Gegenstand am Boden: ein Messer. Daneben ein Draht. „Welcher Feind mit Hufabdrücken und leerer Dolchscheide will, daß ich im Turnier verliere?“

Lange bevor die Sonne aufging, war die große Festwiese von Camelot voll lärmenden Volkes. Händler verhökerten ihre Waren, Taschendiebe wurden verprügelt, Raufereien ausgetragen. Akrobaten, Zauberkünstler und andere Scharlatane wurden laut bewundert oder schallend ausgelacht. Dann ertönten das Dröhnen der Trommeln und das Schmettern der Fanfaren: König Arthur und seine Gemahlin Ginevra nahmen ihre Plätze im königlichen Pavillon ein, die Parade der Wettkämpfer zog vorbei. Wegen des drohenden Einfalls der Feinde wollte der König alle seine Kämpfer in Hochform haben. So wurden die Preise und Prämien für die Bogenschützen, Speerwerfer, Steinschleuderer und Schwertkämpfer verdoppelt und verdreifacht.

Nachdem die vielen Ritter ihren großen Tumult veranstaltet hatten — jeder kämpfte gegen jeden, nur wenige blieben ungeschlagen auf ihren Pferden — mußte das Feld während der Mittagszeit aufgeräumt werden. Rüstungen, Waffen und ihre ehemals so stolzen Besitzer wurden hinweggetragen. Dann begann der wichtigste Teil des großen Turniers, wenn die einzelnen Ritter zum Zweikampf aufeinandertrafen.

Prinz Eisenherz reihte sich in die Reihe der Kämpfer ein, die Aufstellung genommen hatten. ,,Wer ist mein heimlicher Feind?" fragte er sich.

Graf Brecey fragte nichts, mit einem ,,Sie gestatten doch" nahm er neben Aleta auf der Tribüne Platz. Warum auch nicht. Sobald Hugo den Prinzen umgebracht hatte, mußte diese Königin doch seine Frau werden.

Hugo stellte sich nicht in der Turnierreihe auf. Er wartete auf seine Gelegenheit. Er mußte und er wollte Prinz Eisenherz töten. Dafür hatte ihm der Graf Brecey Lehen und Schloß Glandon versprochen. Seine Niederlage unter Arwaks Hufen hatte sein Selbstvertrauen zwar etwas erschüttert, und seine Rippen schmerzten auch. Aber seine Mordlust hatte nicht gelitten. Aufmerksam verfolgte er, wie Prinz Eisenherz mit Geschick und Treffsicherheit einen Gegner nach dem anderen aus dem Sattel warf. Und doch war sich Hugo sicher, seine große Stärke siegreich einsetzen zu können. Nur dieses

starke Streitroß verschaffte seinem Opfer einen Vorteil. Wie ein Adler belauerte Hugo mit scharfem Blick Prinz Eisenherz. Und wieder hatte der Prinz in einem Zweikampf einen Gegner aus dem Sattel gehoben. In Ermangelung weiterer Kämpfer gingen die Turnierkämpfe langsam ihrem Ende entgegen. Nur noch wenige Ritter blieben unbesiegt. Die Spannung unter den unzähligen Zuschauern wuchs. Wer würde diesmal den Siegeskranz gewinnen?

Jetzt waren nur noch drei Ritter im Wettkampf. Der schöne Gawain, der stolze Lancelot und Prinz Eisenherz. Es schien sicher, daß wieder einmal der erfahrene und kräftige Lancelot den Preis erringen würde. Da verkündete ein Fanfarensignal eine neue Herausforderung. Und Hugo, stumm und drohend, ritt langsam auf den Platz. Mit stählerner Lanzenspitze schlug er dröhnend auf den Schild von Prinz Eisenherz. Das war eine Herausforderung zum tödlichen Zweikampf.

König Arthur war erzürnt. Er hatte tödliche Zweikämpfe nicht ausdrücklich untersagt. Aber hatte er nicht allen deutlich zu verstehen gegeben, daß ein Krieg bevorstand, daß kein Ritter sein Leben aufs Spiel setzen sollte? Und dann war diese Herausforderung höchst unfair! Hugo war ausgeruht, Prinz Eisenherz hatte schon viele lange und harte Kämpfe ausgefochten. Aleta saß weißen Gesichts still da. Sie wußte, Eisenherz konnte ohne Ehrverlust der Herausforderung nicht ausweichen. Ihr schien es, als sollte Eisenherz ermordet werden.

Alle Zuschauer waren über diese Herausforderung empört. Nur nicht Graf Brecey. Aleta blickte ihn an. Eifrig lehnte er sich nach vorn, erwartungsvoll die Hände reibend. Was erwartete er?

Prinz Eisenherz und Hugo ritten zum königlichen Pavillon, grüßten. Der Großmarschall verlas die Regeln für den Zweikampf auf Leben und Tod. Mitten auf dem Platz grüßten sich die Kämpfer. Für einen von beiden war es der letzte Gruß.

Prinz Eisenherz hatte gesehen, daß Hugos Dolchscheide leer war. Er hatte auch den Hufabdruck auf Hugos Wams bemerkt. Für einen tödlichen Zweikampf gab es strenge Regeln. Aber Hugo hatte bewiesen, daß er sich an keine Regeln hielt. So ließ Eisenherz Arwak panzern. Dann griff er nach seiner Lanze mit der tödlichen Stahlspitze. Beim ersten Aufprall splitterten und brachen beide Lanzen. Prinz Eisenherz schleuderte die scharfe Lanzenspitze weg, die in seinem leichten Schild steckte. Er zog das Singende Schwert.

Atemlos verfolgten die Zuschauer den erbitterten Kampf. Laut hallten die wuchtigen Schwertschläge über den Platz. Unentschieden tobte der Kampf zwischen den beiden Männern, von denen einer diese Stätte nicht lebendig verlassen sollte.

Wie Hugo diesen roten Hengst verfluchte! Welche Finten er sich auch ausdachte, Arwak blieb an der rechten Seite. So mußte sich Hugo im Sattel drehen, um die Schwertschläge seines Gegners zu parieren. Dabei schmerzte ihn die Wunde, die Arwak ihm getreten hatte, noch mehr.

Graf Brecey blickte zu der Frau, die er schon für seine Braut hielt. Er vertraute der Stärke und Brutalität seines mordlüsternen Vetters Hugo, der Aleta bald zur Witwe gemacht haben würde. Wie entzückend sie aussah. Und seine

künftigen Stiefkinder aus königlichem Geblüt würde er an Könige und Königinnen verheiraten.

Seinen Schild beiseite schiebend, griff Hugo mit beiden Händen sein Schwert. Mit einem wuchtigen Schlag wollte er den verfluchten roten Hengst in die Knie zwingen. Er zielte nicht auf Eisenherz' Kopf, traf mit aller Kraft des Prinzen Schild. Arwak ging unter dieser Gewalt in die Knie.

Ein Stöhnen ging durch die Zuschauer. War jetzt gleich der ungerechte Kampf zu Ende? Mit einem ungerechten Sieg?

Das Zeichen des Hufes! Die Stelle, an der Arwak dem verbrecherischen Hugo getroffen und verletzt hatte. Eisenherz hatte diese Stelle auf Hugos Gewand vor Augen. Schnell reckte er sich hoch aus dem Sattel. Und das Singende Schwert fuhr auf Hugo zu, seine Spitze traf mit aller Wucht die Wunde.

Blind vor Schmerz, gepeinigt bis aufs Blut, das aus seiner Brust hervorquoll, tastete Hugo nach dem Griff seines Schildes. Es galt, den nächsten Schlag des Prinzen abzuwehren. Und

dann mit aller Kraft auf Eisenherz einzuschlagen. Hugos Wunde war nicht lebensgefährlich — nur äußerst schmerzhaft. Hugo drehte sich nach seinem Schild um, für einen kurzen Augenblick war sein feister Hals unbedeckt. Das Singende Schwert zerschnitt zischend die Luft. Die Welt schien für einen Moment stillzustehen. Dann war der Kampf endlich vorbei.

Mit einem letzten Schlag wollte Hugo das Pferd treffen, das seine erste und einzige Niederlage verschuldet hatte, dann umfing ihn das Dunkel.

Niemand konnte vermuten, welche Qualen Aleta während des Kampfes erlitten hatte. Jetzt stand sie ruhig da und winkte dem Sieger zu. Lancelot und Gawain verzichteten auf weitere Ausscheidungskämpfe. So wurde Prinz Eisenherz zum ersten Mal auf Camelot Gewinner des großen Turniers. In dem heißen Blick Breceys mischte sich Begierde mit Eifersucht, eines Tages mußte ihn diese Frau so anblicken. Eisenherz überreichte auf der Spitze seiner Lanze den Siegeskranz seiner Aleta, sie damit zur Schönheitskönigin kürend. Dann kümmerte er sich um Arwak.

Aleta und Arne wußten, Eisenherz konnte erst heimkommen, wenn Arwak versorgt worden war. Die Panzerdecke hatte des Rosses Hals und Rücken geschützt, aber seine Fesseln waren geschwollen. Frau und Sohn wollten derweil zu Hause die Salben, Pflaster und Verbände für den Sieger vorbereiten.

Graf Brecey kochte vor Wut. Warum verstanden diese Briten nicht, daß er haben mußte, was er wollte. Auf seinen Ländereien war er Herr über Leben und Tod, und er konnte sich nehmen was er wollte. Er befahl seinen Gefolgsleuten, aufzusitzen. Sie wollten gerade für Hugo ein Grab schaufeln. Hugo hatte jedoch versagt, um ihn brauchte sich niemand mehr zu kümmern. Eine andere Arbeit war wichtiger.

Mit einem kräftigen Schlag wurde Arne von seinem Roß geschleudert, Aleta wurde aus ihrer Sänfte gezerrt und auf ein Pferd geworfen, und schon galoppierten Brecey und seine Mannen aus Camelot hinaus. In der hereinbrechenden Dämmerung schlugen sie den Weg zur Küste ein. „Sagt Prinz Eisenherz, daß Königin Aleta von Graf Brecey entführt worden ist", befahl Arne den Sänftenträgern, bestieg sein Pferd und nahm die Verfolgung auf.

Arwak war inzwischen versorgt, die Waffen besserte der Schmied aus. Prinz Eisenherz bestieg ein Pferd, nur mit dem Singenden Schwert bewaffnet. Da keuchten die Sänftenträger heran und meldeten ihm den schrecklichen Vorfall.

Die sanfte Aleta wurde zur Furie. Ehe sich der Reiter, der Aleta auf seinem Pferd hielt, versah, konnte er nichts mehr sehen. Mit ihren scharfen Fingernägeln war ihm Aleta ins Gesicht gefahren und hatte ihm fast die Augen ausgekratzt. Schreiend faßte er nach seinen blutenden Augen, da hatte Aleta sich schon seinem Griff entwunden, ließ sich zu Boden fallen. Sie rannte, aber die Reiter holten sie schnell ein. Jetzt wurde sie hinter einem anderen Reiter aufs Pferd gesetzt und angebunden.

Die Königin verhielt sich nun wieder wie eine sanfte Frau — während sie heimlich nach dem kleinen scharfen Dolch griff, den sie im Strumpfband versteckt trug. Sie schnitt geschickt ihre Fesseln durch. Dann gebrauchte sie ihre kleine Waffe mit so großer Wirkung, daß ihr Bewacher laut schreiend aus dem Sattel stürzte. Aleta packte die Zügel des Pferdes und galoppierte querfeldein. Konnte sie diesmal ihren Entführern entkommen?

Inzwischen brach die Nacht herein. Arne machte Halt, als der aufgehende Mond sein Silberlicht ausgoß. Er sah, wie seine Mutter wieder zur Straße gebracht wurde. Man hatte ihre Füße unter dem Pferd hindurch gefesselt. Brecey selbst hielt die Zügel ihres Pferdes. Als die Gruppe der Entführer weitergeritten war, suchte Arne nach einem Plan, wie ein unbewaffneter Jüngling eine Dame aus den Händen einer Gruppe bewaffneter Räuber retten konnte. Da hörte er von hinten einen Reiter nahen. Eisenherz ritt heran, bis auf das Singende Schwert war er unbewaffnet.

„Brrr", Arne brachte sein Pferd zum Stehen, deutete vergnügt auf eine Pfütze. „Dort hat die Mutter Helm und Schild hingelegt. Wir müssen uns beeilen, ehe sie den Rest der Räuber aufgerieben hat."

Es war so, wie Arne gesagt hatte. Aleta hatte für den Schutz ihres Mannes gesorgt. Eisenherz erhielt bereitwillig Helm und Schild von dem Mann, der mehr als durch die Wunde von einem kleinen Dolch in seinem Körper durch eine kleine Frau in seinem Stolz verletzt worden war.

Vater und Sohn setzten die Verfolgung fort. „Sire, ich bin ohne Waffen und ohne Rüstung. Und gegen uns beide eine ganze Horde, und da dachte ich", Arne erklärte seinem Vater einen Plan.

Bald darauf hatte Arne, ein leichter Reiter, die Entführer seiner Mutter eingeholt. „Halt!" schrie er Brecey und seinen Leuten zu, „ich bin's, Prinz Arne, der Retter!" Graf Brecey befahl einem seiner Gefolgsleute: „Befreie mich von diesem lästigen Störenfried!"

Der schreiende Störenfried schien es mit der Angst zu bekommen. Er floh vor den mordlüsternen Kriegern. Er floh in die Richtung, wo das Singende Schwert lauerte. Nach einem kurzen Lied des Schwertes besaß nun auch Arne Waffen und Rüstung.

Brecey schlug ein langsames Tempo an, so daß sein Krieger nach ausgeführtem Befehl wieder aufschließen konnte. Und Aleta, aufgelöst, bleich vor Müdigkeit und Verdruß, blickte den Grafen mit solcher Verachtung an, daß er zweifelte, je ihren Willen brechen zu können. Er änderte seine Taktik. ,,Ich liebe dich", erklärte er, ,,folge mir, und ich erfülle dir jeden Wunsch." ,,Ich will nur den Mann, den ich liebe und den ich achte. Und Ihr seid nicht dieser Mann!" Er hob die Hand, sie zu schlagen, als er aufgehalten wurde. ,,Ich bin's, Prinz Arne, der Retter!" Brecey erkannte die Waffen und die Rüstung, die dieser Bursche trug, der jetzt Brecey zurief: ,,Diesmal schickt einen besseren Mann!" Voller Zorn befahl Brecey seinem besten Söldner: ,,Bring mir seinen Kopf — oder es kostet dich deinen!" Dieser zog sein Schwert und folgte dem flinken Burschen. ,,Schneller, Arne! Reite schneller!" schrie Aleta, als sich ihr Sohn langsam zurückzog. Als Arne eine Hügelkuppe erreicht hatte . . .

. . . hatte ihn der Verfolger fast erreicht. Da blitzte das Licht des frühen Morgens in einem stählernen Helm. Prinz Eisenherz kam über den Hügel gedonnert. Mit seinem Schild parierte er einen Schwertstreich, dann sang das Singende Schwert. Und weiter ging es, unaufhaltsam.

„Zu mir!" bellte Brecey die ihm verbliebenen zwei Söldner an. Aber drei ihrer Kumpane waren schon im Graben gelandet oder brauchten ein Grab. Und dieser Ritter mit dem blitzenden Schwert schien nicht guter Laune zu sein. Die beiden Söldner drehten sich um — und schon sind sie aus unserer Geschichte verschwunden.

Graf Brecey verfluchte den Tag, an dem er nach Britannien gekommen war. Seine Hand fest in die Zügel von Aletas Pferd wickelnd, zog er ein Schwert und rief Prinz Eisenherz und Arne entgegen: „Laßt mich in Ruhe! Oder diese Hexe stirbt!" Arne setzte ruhig seinen Helm ab. Mit einem plötzlichen Aufschrei schleuderte er den Helm an den Kopf von Breceys Pferd. Laut wiehernd scheute es und warf seinen Reiter aus dem Sattel. Eisenherz trat dem Grafen gegenüber. „Sir Brecey, daß Ihr Euch mit meiner Frau davonstehlen wolltet, ist ein großes Kompliment für ihre Schönheit und meinen guten Geschmack. Trotzdem kann ich Euren Diebstahl nur mißbilligen, und außerdem gehört er bestraft." Prinz Eisenherz legte Schild und Helm beiseite. „Jetzt sind wir gleich bewaffnet, Brecey. Zeigt, daß Ihr mit dem gleichen Mut gegen einen Mann das Schwert zückt wie gegen eine Frau." „Ich bin der Botschafter von König Ban von Brittany, dessen Sohn der mächtige Lancelot ist. Ich fordere ein ordentliches Gericht!" schrie der angstbleiche Brecey Eisenherz entgegen.

Sir Lancelot hatte gerade eine schwere Pflicht zu erfüllen. Als Eisenherz und Arne ihn mit dem gefangenen Graf Brecey vor Camelot trafen, hatten er und Gawain einer Hinrichtung beizuwohnen. Einer von Lancelots tapferen Gefolgsleuten war verurteilt worden, weil er drei Männer in einer Wirtshausschlägerei umgebracht haben sollte. ,,Wenn die Sachsen uns in einen Krieg verwickeln, brauchen wir jeden guten Kämpfer. Ist dieser Mann von des Königs Gerechtigkeit verurteilt worden?" fragte Prinz Eisenherz. ,,Nein, vom Stadtsheriff Camelots", antwortete Lancelot. ,,Dann haben wir, die königlichen Kommandanten, eine höhere Autorität", erklärte Gawain.

Gawain löste dem Verurteilten die Fesseln. Lancelot sprach: „Verlaß Camelot, gehe nach Norden, schließ dich dort meinen Kriegern an, wenn sie losmarschieren. Drei Feinde, die du erschlägst, rechtfertigen deine Freilassung."

Doch nun gab es neue Probleme. Der Henker und die Grabschaufler hatten keine Arbeit. Sie verlangten eine Entschädigung für ihren Verdienstausfall. Im Interesse ihres Einkommens und Auskommens wurde ihnen Graf Brecey überantwortet. So waren nun alle — mit einer Ausnahme — zufrieden.

Nein, auch der Magistrat der Stadt Camelot war nicht zufrieden. Der Bürgermeister brachte die Beschwerde vor den König, daß des Königs Ritter einen Verurteilten freigelassen hätten. Die schuldigen Ritter wurden vor den König befohlen. Sir Lancelot erklärte auf die Vorwürfe: „Der Verurteilte war Gyles, einer meiner braven Freisassen." Und er legte dem König den Fall vor. Sir Gawain ergänzte: „Und für die Axt des Henkers haben wir einen viel wertvolleren Ersatzmann gestellt."

„Und wer war der Ersatzmann?" wollte der König wissen. „Graf Brecey", antwortete Prinz Eisenherz, und er berichtete dem König von Aletas Entführung . Worauf Gawain, redegewandt und überzeugend, fortfuhr: „Der Graf wurde einem gerechten Schicksal überlassen, Majestät. Sein Verbrechen war groß. Hätte er Lady Aleta nach Brittany entführt, dann wären fast alle Eure Ritter losgezogen, sie zu retten. Und ein Krieg mit Brittany hätte uns vor dem Sommerfeldzug sehr geschwächt."

So fällte König Arthur eine weise Entscheidung: „Wir überlassen es Lancelot, den Frieden mit seinem Vater, König Ban von Brittany, zu wahren."

Die sommerlichen Winde waren für die Schiffahrt günstig. Unablässig landeten die Schiffe der Sachsen und der mit ihnen verbündeten Jüten, Dänen und Angeln an der Küste von Dover bis zur Mündung des Humber. Eine riesige Menge von Kriegern war versammelt, die Entscheidungsschlacht um Britannien zu schlagen. König Arthur unterzog seine Ritter und das Fußvolk einem Drill ohne Rast und Ruhe, um ihnen seine neue Taktik beizubringen. Seine Kommandanten murrten. Das Heer benahm sich wie eine Maschine. Wo blieb da Gelegenheit für persönliches Heldentum?

Hugh der Fuchs, einst als Gesetzloser der König der Wälder, jetzt Anführer der Kundschafter, unterrichtete den König über die Bewegungen der Feinde: „Es wird zwei Monate dauern, bis sich die Kriegshorden vereinigt haben, um mit ihrem Feldzug gegen uns zu beginnen.“

Ein schöner Traum drohte zu verwelken. König Arthur hatte den Überlebenden vieler Invasionsarmeen erlaubt, sich im Lande anzusiedeln, wenn sie Häuser und keine Befestigungen bauen und den Boden bestellen wollten. Sie sollten friedliche Einwohner Britanniens werden. Doch nun, berichtete Hugh dem König, als die Kriegshorden vorbeizogen, erwachte in vielen Männern wieder die Kriegslust. Sie verließen ihre Pflüge und griffen zu ihren Schwertern. Die Aussicht auf Plünderung und schnelle Beute verlockte sie.

König Arthur verkündete seinen Gefolgsleuten: ,,Jetzt ist es an der Zeit alle Truppen auszuheben. Jeder gehe auf sein Lehnsgut und stelle jeden Mann und jedes Pferd auf, das er ausrüsten und unterhalten kann. Sir Gawain und Prinz Eisenherz, Ihr reitet nach Cornwall und fragt die drei Könige dort nach den Truppen, die sie uns versprochen haben, als sie uns die Lehnstreue geschworen haben.''

„Prinz Arne", sprach der König, „für Euch haben wir auch eine wichtige Aufgabe. Geht nach Nord-Wales, wo Euer Freund, der junge König Cuddock regiert. Er schuldet Euch Dank, bitte ihn um Hilfe.* Die drei Ritter, die mit Euch die Sachsen ausgespäht haben, werden Euch begleiten."

In der Morgendämmerung sagten sich Vater und Sohn, Prinz Eisenherz und Prinz Arne, Lebewohl. Ein Augenblick der stolzen Freude für beide. Arne hatte die Aufgabe eines Mannes zu erfüllen. Aleta beobachtete diesen Abschied. Ihren kleinen Sohn Galan hielt sie fest im Arm. Auch seine Zeit würde kommen, in Abenteuer und Gefahr zu reiten.

Prinz Eisenherz und Sir Gawain begegneten unterwegs so manchem jungen Ritter, der auf dem Weg nach Camelot war, sich des Königs Truppen anzuschließen. Und wie es so Brauch war, wurden die beiden Freunde immer zu einem Zweikampf aufgefordert.

** Warum König Cuddock dankbar sein muß, steht im Band 7 von „Prinz Eisenherz"*

So blieben Eisenherz und Gawain in Übung, und die anderen Ritter hatten praktischen Unterricht genossen. Als die beiden königlichen Boten die Mendip-Hügel passierten, kamen sie auch an Avalon vorbei. Die Hügel ragten aus dem Sumpfland empor, die Sonne glitzerte auf den Mauern der neuen Kathedrale, die in der kleinen Stadt Glastonbury gebaut worden war.*

Dann ritten sie über das öde und unwirtliche Moorland nach Cornwall. Hier gab es schon immer Verdruß, deshalb waren sie nicht überrascht, an einer Furt Krieger zu treffen, die den Flußübergang bewachten. Mißtrauisch beäugt, setzten Eisenherz und Gawain über und ritten in das Dorf hinein.

** Diese spannende Episode steht auch im Band 7 von „Prinz Eisenherz“*

„Guten Tag, Freunde“, rief Prinz Eisenherz vor dem Gasthaus allen zu, „unter der Sonne hierher zu reiten, ist eine Arbeit, die nach einem Krug Bier schreit. Leistet ihr uns Gesellschaft?“ Die strengen und finsteren Soldaten wurden zu immer lustigeren Gesellen, je mehr Bier gezapft wurde. Bald plauderten sie munter drauflos.

Des Königs Boten erfuhren nun, daß in Cornwall ein König dem anderen mißtraute. Jeder hielt sich eine große Armee zu seinem Schutz. Und jeder dieser drei Könige würde sich weigern, König Arthur zu unterstützen.

Schließlich erklärte sich einer der Wachsoldaten bereit, seine neuen Freunde, mit denen man soviel Bier trinken konnte, zu seinem König Grundemede zu geleiten, der auf Schloß Caerloch residierte.

Gütig gewährte der König den beiden Rittern Audienz. Gnädig und still hörte er zu, als sie Truppen verlangten und ihn an seinen Eid und sein Versprechen, vor langen Jahren gegeben, erinnerten. Damals hatte König Arthur ihn und sein Königreich vor den Nordmännern gerettet. König Grundemede, bleich geworden, besprach sich mit seinem Ratgeber, einem hageren und großen Einäugigen, der in den Mantel eines Zauberers gehüllt war. Dann sprach der König: „Wir werden zwanzig gutbewaffnete Männer zur Verfügung stellen. Mehr Männer können wir nicht entbehren. Wir müssen unsere Küste vor den räuberischen Skoten und unsere Grenzen gegen die drohende Invasion durch den unbarmherzigen Pöbel unter Führung des Tyrannen Alrick dem Fetten schützen."

Der Leibeigene, der Eisenherz und Gawain die Satteltaschen in ihr Zimmer brachte, war gesprächig: ,,Der König berät sich immer mit Givrick, der ein großer Zauberer ist. Givrik ist ein Meister der schwarzen Magie, er hat das zweite Gesicht und den bösen Blick.“

Allein in ihrem Gemach, bemerkte Eisenherz: ,,Uns zwanzig Mann anzubieten, das ist eine Beleidigung. Die anderen zwei Könige werden es genauso halten. Wir brauchen von jedem zweihundert Bewaffnete. Dieser Zauberer Einaug ist hier die Schlüsselfigur. Wir müssen hinter seine Schliche kommen.“

Auf dem Weg zum Abendessen lauerte den beiden Rittern der Zauberer auf und zischte ihnen zu:

„Mischt Euch nicht in die Angelegenheiten von Cornwall ein. Und hütet Euch vor den Schrecknissen, wenn Ihr den bösen Blick herausfordert!" Dann hob Givrik seine buschigen Augenbrauen, ein gefährlicher Anblick bot sich. Schaudernd wich Gawain zurück.

Wie fast jeder zu jenen sagenhaften Zeiten, war er sehr abergläubisch, glaubte an Hexen, Feen, Riesen, Drachen und an alle Art und Unart von Magie und Zauberei. Aber wer kann sich schon freisprechen von dem Vorwurf an unerklärliche Geheimnisse und das geheimnisvolle Übersinnliche zu glauben? Wer Horoskope liest, wer an die Bedeutung von schwarzen Katzen oder rußigen Schornsteinfegern oder glücksbringendem Schwein oder Klee glaubt, der lache über Sir Gawain.

Bei Tisch vollbrachte der einäugige Givrik allerlei Zauberei. Er hielt seine Hand über einen mit Wasser gefüllten Pokal. Und siehe da, das Wasser verwandelte sich in roten Wein. Sein Messer erhob sich vom Tisch und schwebte, es folgten allen Bewegungen von Givriks Hand. Für Eisenherz waren das nur die billigen Tricks vom Jahrmarkt, die Kunststückchen, die ihn einst vor vielen Jahren sein Freund Slith, dieser verschmitzte Schelm, gelehrt hatte. Ja, nur Eisenherz' alter weiser Lehrer Merlin konnte wahre Wunder vollbringen. Merlin! Dieser Name brachte Erinnerungen. Natürlich, dieser einäugige Quacksalber und falsche Zauberer war jener Bursche, der in einer Schlägerei ein Auge verloren hatte. Und Merlin hatte seine Wunde gepflegt und ihn vor Mitleid als Diener aufgenommen.

Als der König, ziemlich schüchtern, seinem großen Zauberer ängstlich um Weissagungen und Prophezeiungen bat, blickte Eisenherz aufmerksam zu Givrik hinüber. Dieser sah angestrengt zur Decke, so daß alle Anwesenden seine leere Augenhöhle sehen konnten, während er Zauberformeln und Beschwörungen murmelte. Er schnitt Grimassen und stöhnte, aber seine Hände fummelten unter dem Tisch herum. Er hob die Hände und bedeckte sein Gesicht. Und als er seinen Kopf wieder hob — wer hätte das gedacht — starrte er brennenden Blickes mit seinem zweiten Auge. Das war der gefürchtete böse Blick!

Während dieser Vorstellung hoffte Eisenherz, daß Givrik nicht in dem Ritter der Tafelrunde den jungen Schüler Merlins von damals wiedererkannte, den der alte weise Zauberer so viele Jahre unterrichtet hatte.

Von des Handwerkers Webstuhl, aus der Küche und aus den Stallungen holte sich Prinz Eisenherz die Zutaten, von denen er hoffte, daß sie die Macht des Hofzauberers brechen mochten — und König Arthur die benötigten Truppen beschaffen würden.

Prinz Eisenherz bereitete sich auf seinen Auftritt vor. Wieder saß er neben Givrik. „Gestern habt Ihr Wasser in Wein verwandelt. Meine Zauberkraft ist stärker, ich verwandle Euer Wasser in Gift.“ Mit einer beschwörenden Handbewegung ließ Eisenherz einige färbende Kristalle ins Glas fallen. Am Ende eines feinen Roßhaares und angeklebt mit einem Tröpfchen Wachs erhob sich auf Befehl sein Messer und zerschnitt sein Fladenbrot. Seine Hand war leer, mit der er dann aus Givriks

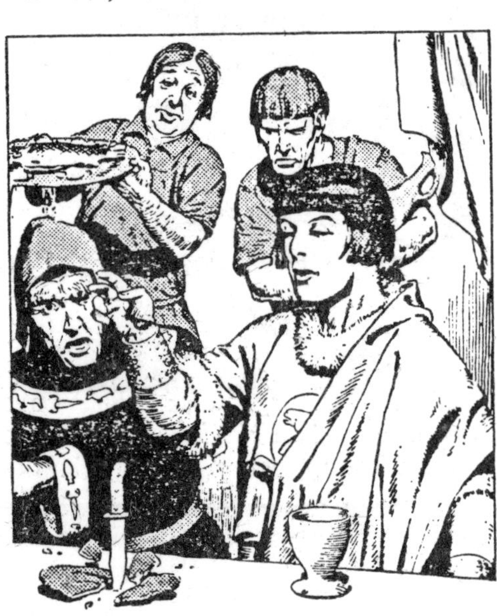

Ohr eine Goldmünze zauberte. Dank des unsichtbaren Haares tanzte zu des Prinzen Lied eine Feder auf dem Tisch. Mit einer Hand das Goldstück verschwinden und auftauchen lassend, worauf Givrik gebannt starrte, drückte Eisenherz mit einem Röhrchen eine Mischung aus Senf und Essig in des Zauberers Tasche, in der er das Auge mit dem bösen Blick versteckt hielt.

„Scharlatan", spottete Eisenherz nun, „noch nicht einmal dein böser Blick hilft dir gegen meine Magie.", Givrik nahm die Herausforderung an. Er hatte schon solche Erfolge gehabt, daß er selbst an die Kraft seines Tricks glaubte. Er zog seine übliche Schau ab — und da glühte und brannte der böse Blick! Das Auge brannte wirklich. In Givriks Augenhöhle. Prinz Eisenherz donnerte den verdatterten Zauberer an: „Zu lange schon hast du die Macht der Finsternis gebraucht. Jetzt verbrennen dich die dunklen Götter mit hellen Flammen! Brenne, Givrik, brenne!"

Der Zauberer Givrik hatte sich schreiend zurückgezogen, nur sein Glasauge hatte er dagelassen. „Nun, König Grundemede, sollten wir nicht über die Truppen reden, die Ihr König Arthur versprochen habt?" Eisenherz rollte das Auge mit dem bösen Blick über den Tisch. Der König erschauderte in tiefem Entsetzen. Prinz Eisenherz hatte einen falschen Zauberer vertrieben, nun betrachtete man ihn als größeren Zauberer. Sollte er sein neugewonnenes Ansehen benutzen, dem Schwächling Grundemede die Soldaten abzupressen? Oder war Ehrlichkeit ein besseres Mittel, den König unter Druck zu setzen? Grundemede nahm all seinen Mut zusammen und sprach: „Wir können nicht die zweihundert Mann entbehren, die Ihr verlangt. Wir wären sonst wehrlos der Armee König Alricks des Fetten ausgeliefert." „Die Anzahl hat sich inzwischen auf dreihundert erhöht", entgegnete Eisenherz. „Eure Männer sind Söldner. Wenn Ihr sie nicht mehr bezahlen könnt, werden sie gegen Euch rebellieren."

Voller Nachsicht erklärte Prinz Eisenherz dem König Grundemede: ,,Wir werden, dreihundert Mann stark, zu König Alricks Festung marschieren. Von ihm fordern wir die gleiche Anzahl Männer. Das wird Euch, Majestät, sowohl vor dem Bankrott wie auch vor einem Putsch Eurer Söldner bewahren.‘‘ So gingen Eisenherz und Gawain auf den Marsch. Mit einem völlig undisziplinierten Haufen. Fußkrank und müde, aber gehorsam und gedrillt erreichten die dreihundert Mann ihr Ziel.

Alrick der Fette blickte furchtsam von seiner Festung zur anrückenden Armee hinunter. Seine hasenherzigen Wachen wollten sich verdrücken und mußten mit Gewalt an ihrer Flucht gehindert werden. Wie sollte König Alrick der Fette seine Festung und sein Königreich nun gegen den mächtigen Feind verteidigen? Seine Majestät zitterte ebenso wie die Untertanen.

Prinz Eisenherz und Gawain hatten ihre dreihundert Mann unter die starken und hohen Mauern der Festung geführt, den Hauptleuten befohlen: „Haltet strenge Disziplin. Diese Vagabunden müssen so gefährlich wie eine ordentliche Armee aussehen — wenigstens für die nächsten Tage.“ Dann betraten die beiden Ritter die Residenz von Alrick dem Fetten. Der König hatte viel zu tun, die langen Stunden zwischen den Mahlzeiten auszufüllen — mit Essen. Und mit Zuhören, wenn seine hübsche kaltäugige Frau ihn auszankte. Der so beschäftigte König schützte sich durch seine Wachen vor der Nähe der Besucher. Eisenherz' Ruhm als mächtiger Zauberer war auch Alrick zu Ohren gekommen —, und er fürchtete sich fürchterlich. Vielleicht noch mehr vor seiner Frau. Und so weigerte er sich, Truppen zur Verfügung zu stellen. Seine Agenten versuchten sogar, Teile von den Truppen, die Eisenherz befehligte, abzuwerben. Mit besserer Löhnung sollten die Männer zum Desertieren überredet werden.

In ihrem Zimmer meinte Eisenherz zu Gawain: ,,Es hilft nur eins: die drei Könige von Cornwall müssen sich treffen und einen Waffenstillstand beschließen — bis der Sachsenkrieg gewonnen ist. Ich werde nach Westen reiten und König Harloch herholen.'' Am nächsten Morgen, als Eisenherz zum König des westlichen Cornwall ritt, preschte auch ein Bote los, um König Grundemede herzuholen. Und Sir Gawain war auf dem Weg zu König Alricks Königin. Der schöne Ritter war gebürstet und gestriegelt, frisiert und parfümiert, als er elegant aber lässig das sonnige Zimmer betrat, in dem die Königin an ihrem Webstuhl saß. Es geschah nicht sehr häufig, daß ein stattlicher Ritter Alricks Hof besuchte. Sie war so erfreut, daß sie sogar lächeln mußte.

Prinz Eisenherz ritt in den Hof des Schlosses von König Harloch ein. Zufrieden und anerkennend stellte er fest, daß die Verteidigung hier wirkungsvoll und überlegt eingerichtet war. Die Soldaten waren nicht sehr zahlreich, aber gut ausgebildet und voller Stolz und Selbstbewußtsein. König Harloch mußte anders sein als die anderen Könige Cornwalls. Die Last der Jahre hatten die Schultern König Harlochs gebeugt, seine großen Hände der Kraft beraubt.

Aber der König sprach: „Ich kenne Eure Aufgabe, Prinz Eisenherz, und es ist mir eine Ehre, mein Versprechen gegen König Arthur einzulösen. Wir können nicht sehr viele Männer aufbieten, aber es sind ausgewählte Krieger, schlachtenerprobt, die schon zweimal den Haufen, den König Alrick seine Armee nennt, zerstreut haben."

Auch Sir Gawain hatte sein Tagewerk begonnen. ,,Wie konnte es nur geschehen, schöne Dame, daß Ihr nie die festlichen Säle von Camelot mit Eurer Anwesenheit beehrt habt? Ich sehe Euch vor mit: in leuchtendem Karmesinrot, geschmückt mit silbernen Ornamenten, eine einzelne Rose im Haar, die Bewunderung galanter Ritter einheimsend und den Neid der eleganten Damen." ,,Mein Mann, König Alrick der Fette, ist nicht fähig zu reisen. Und seinen letzten Pfennig vergeudet er an diese riesige Armee ungehobelter Vagabunden", sie seufzte. ,,Dann befreit Euch von dieser unerwünschten Armee", schlug Gawain vor, ,,laßt König Arthur dafür bezahlen. So habt Ihr Gelegenheit, mich zu begleiten, und Ihr werdet zur Siegesfeier in Camelot sein. Das Schloß wird im Lichterglanz erstrahlen, wir werden feiern in Saus und Braus und tanzen bis zum Morgen." ,,Ihr seid ein bezaubernder Lügner, Sir Gawain. Ihr könnt mir nichts vormachen. Ich bin nur eine einfache und langweilige Frau. Ich breche keines Ritters Herz." Und dann lachte die Königin, zum ersten Mal seit vielen Jahren. ,,Aber Ihr habt mich überredet, ich werde Euch helfen. Ihr werdet die Männer bekommen."

Von Westen zog ein glücklicher Eisenherz heran. König Harlochs Aufgebot bestand aus guten Soldaten, die den Haufen, den Eisenherz nach Camelot zu bringen hatte, auf Vordermann bringen würde. Und Prinz Charles war ein fähiger und tüchtiger Anführer. Von Osten schaukelte König Grundemede, verwirrt und ängstlich, in einer Pferdesänfte heran. Das Treffen fand im Thronsaal von König Alrick dem Fetten statt, der sich standhaft weigerte, König Arthur ein Aufgebot zur Verfügung zu stellen. König Alrick war in mieser Stimmung. Seine Zwischenmahlzeit bestand aus verwässertem Wein, zähem Fleisch, ungezuckerten Keksen.

„Das Essen ist armselig", schimpfte die Königin, „und es kann nur noch schlimmer werden! Wenn Eure Mahlzeiten erbärmlich sind, dann denkt mal daran, was Eure Soldaten bekommen. Sie murren schon. Wir haben Putsch, Armut und Hunger zu erwarten!"

„Was hat die Königin auf unsere Seite gebracht?" wunderte sich Eisenherz. „Meine Diplomatie, was denn sonst", antwortete Gawain geziert, „wer kann mir schon widerstehen?"

Aber die Königin war noch nicht fertig: „Schafft das ungewaschene Pack aus dem Schloß. Laßt König Arthur sie füttern und bezahlen." Sie geriet in Wut: „Ich reite nach Camelot und mache dort Ferien. Laßt mich wissen, wenn mein Heim wieder sauber ist."

Auf seinem Thron saß grübelnd König Alrick der Fette, die Kerzen flakkerten und verloschen eine nach der anderen. Er hatte davon geträumt, mit seiner Armee ganz Cornwall einzunehmen. Nun mußte er sich vor seiner Armee fürchten. Und Angst vor seiner eigenen Frau hatte er auch. Ach, warum war das Schicksal so unsäglich ungnädig zu ihm? Womit hatte er das verdient?

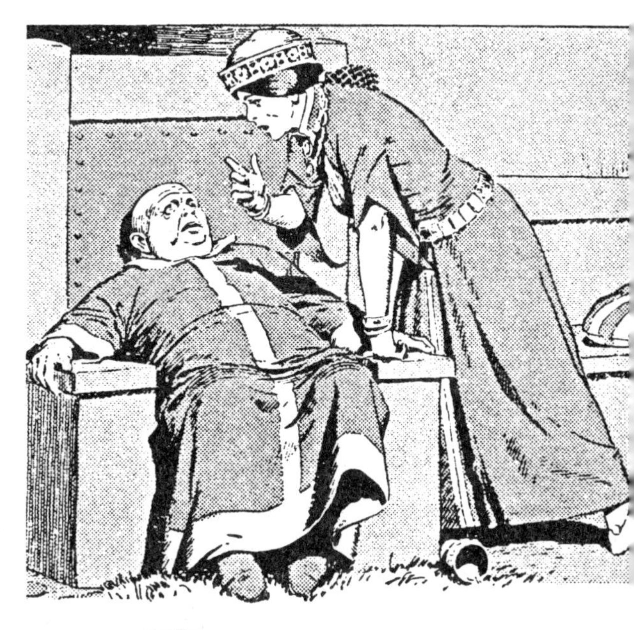

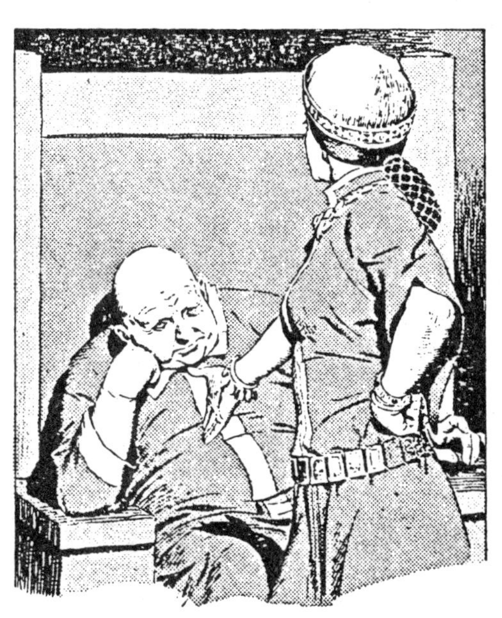

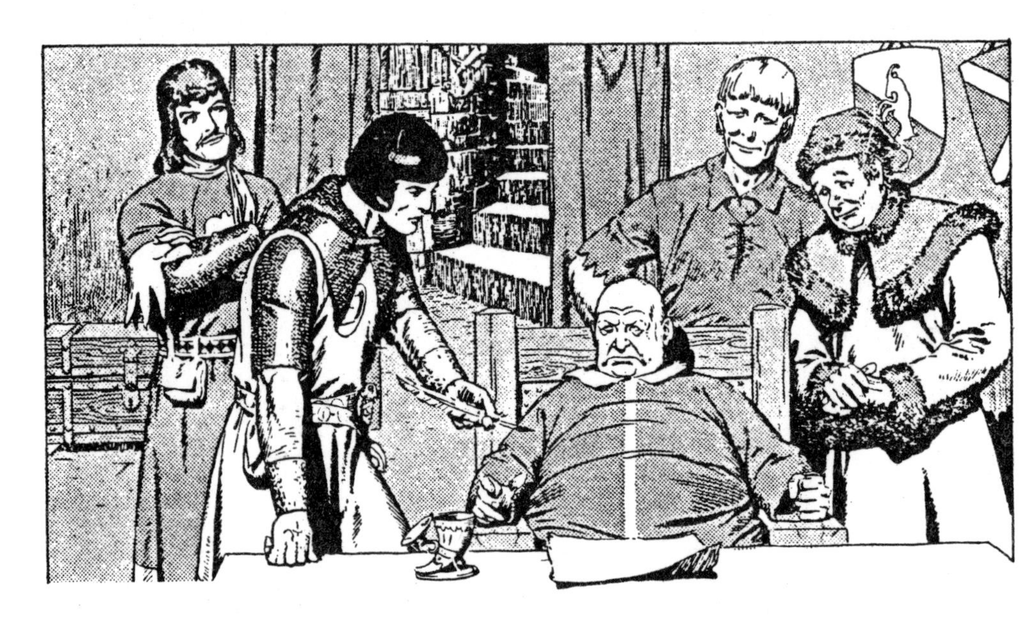

Prinz Eisenherz legte ein Papier auf den Tisch. ,,Bevollmächtigt durch die Autorität seiner Majestät, des Königs Arthur, habe ich einen Vertrag aufgesetzt. Friede herrscht in Cornwall bis zum Ende des Sachsenkrieges. Oder des Königs Zorn wird geweckt.“ Prinz Charles unterschrieb für König Harloch, seinen Vater. König Grundemede unterschrieb. Was blieb ihm auch übrig, seine ganze Armee stand unter dem Befehl von Prinz Eisenherz und Sir Gawain. Eisenherz gab König Alrick die Feder. ,,Unterschreibt!“ befahlt er, ,,oder wir belagern Eure Festung, in der Ihr mit Euren unbezahlten und hungrigen Kriegern eingeschlossen seid.“ Alrick unterschrieb. So hatte Prinz Eisenherz erfolgreich eine Armee in Cornwall ausgehoben. Aber welch eine Armee! Er, Gawain, Prinz Charles und seine erprobten Krieger hatte viele Mühe, aus diesen Männern eine richtige Armee zu drillen.

Der sich mühsam dahinschleppende Haufen legte nur fünf Meilen am Tag zurück. Eisenherz sagte seinen Offizieren: „König Arthur hat Vorräte geschickt. Ich habe befohlen, daß die Wagen zwanzig Meilen entfernt warten. Sagt den Männern, sie müssen laufen, wenn sie nicht verhungern wollen.“

Was erlebte Arne unterdessen auf dem Weg nach Nord-Wales? Der junge König Cuddock weilte nicht auf seiner Hochburg. Die Skoten waren auf einem Raubzug, Cuddock war zur Küste aufgebrochen. Arne eilte ihm nach. Die Skoten hatten zugeschlagen und waren verschwunden. Kein Lebenszeichen in den Trümmern. „Kaum ein Tag, an dem die räuberischen Horden kein Unheil anrichten.“

Während die Toten zur letzten Ruhe gebettet wurden, machte Arne eine wichtige Entdeckung. In den Trümmern des zerstörten und ausgeplünderten Dorfes fand er einen sächsischen Kriegshelm. Unterstützten die Sachsen die räuberischen Horden auf der britischen Insel? Kämpften sie zusammen mit den Skoten, um als Feinde und Contras Britannien zu schwächen, Arthurs Herrschaft stürzen?

Überall in Nord-Wales wurden Befestigungen gebaut, Forts und Wachtürme errichtet. Es dauerte kostbare Zeit, kostete viel Geld, die Grenzen gegen den Norden zu schützen. Aber wie konnte man das Land gegen Angriffe vom Meer her schützen? In dieser ver-

zweifelten Situation wollte Arne um walisische Truppen bitten, die König Arthur dringend brauchte.

Aus Camelot war ein Bote in Cuddocks Burghof eingeritten. Er meldete: „Die Armee der Sachsen ist auf dem Marsch! Gewaltige Massen von Feinden. Prinz Arne, bringt alle Truppen, die sich Euch anschließen wollen. Bald bitte!" Der junge König berief sofort die Ratsversammlung ein. Wie würden die weisen Alten und die Fürsten entscheiden?

Cuddock sprach zur Versammlung: „Die Sachsen helfen den skotischen Räubern und Plünderern, die dauernd angreifen. Deshalb können wir keine Truppen entbehren. Aber sollte in diesem Sachsenkrieg König Arthur geschlagen werden, so werden wir sterben oder sächsische Sklaven. Was ratet Ihr Eurem König?" Arne, höflich und rücksichtsvoll, verließ den Ratssaal. Er wollte, daß König Cuddock und seine Ratgeber frei und offen miteinander sprechen und entscheiden konnten, ob sie sich gegen die Skoten verteidigen wollten oder König Arthur helfen. Auf dem Wehrgang traf Cuddock seine Freund Arne. Der König erklärte dem Prinzen: „Wir helfen." Doch die Tage zogen sich hin. Wo waren die walisischen Truppen, wie sollten sie rechtzeitig das Schlachtfeld erreichen? Arne war verzweifelt.

Doch die Verzweiflung verwandelte sich in helle Freude. Von den grünen Hügeln herab, von den saftigen Weiden kamen Pferde, stattliche Rösser und tüchtige Stuten — der Stolz des walisischen Königreichs. Sie waren schnellfüßig und wohltrainiert.

König Cuddock begrüßte die Reiter, seinem Freund Arne erklärte er: „Diese Krieger sind ausgezeichnete Reiter. Jeder besitzt noch zwei zusätzliche Pferde. Vielleicht finden wir unterwegs noch Freiwillige, die in die leeren Sättel steigen wollen. Jetzt können wir losreiten. Ich komme mit dir in meine erste Schlacht."

So schnell sie auch ritten, die Tage schienen schneller als sonst zu vergehen. Der junge König Cuddock fürchtete, zu spät zu seiner ersten Schlacht zu kommen. Ungeduldig erwartete er das Ende der Nacht.

Es war am nächsten Morgen, als Prinz Eisenherz mit dem Aufgebot aus Cornwall in Camelot eintraf. „Gawain! Eisenherz!" rief König Arthur erfreut und erleichtert, „wir fürchteten schon, Ihr würdet nicht rechtzeitig eintreffen. Die Sachsen sind auf dem Vormarsch. Sie sind so zahlreich wie der Sand am Meer."

Hengist, der Sachsenkönig, war auf dem Marsch. Der Boden erzitterte unter den Füßen seiner riesigen Armee. Es galt, Britannien zu erobern. Vor ihnen erstreckte sich ein schönes und fruchtbares Land, hinter ihnen lag verbrannte Erde. Ein junger Wikinger hatte ihnen den Weg in das Herz des Landes verraten. Dieser Wikinger war Arne gewesen. Und so wußte König Arthur, welche Pläne die Invasoren hatten, wo sie angreifen wollten — und konnte seinen eigenen Schlachtplan danach entwickeln.

König Arthur griff zu Excalibur, seinem Schwert. Er bestieg sein großes Streitroß und führte seine kleine aber stolze Armee gegen die Sachsen. Bei Badon Hill wollte er die Schlacht um Britanniens Freiheit schlagen. Hier erwarteten der König und seine Krieger die Massen der Feinde.

Von Nord-Wales her, durch die letzte Nacht reitend, kamen Arne und Cuddock mit ihren Reitern. Sie hofften, rechtzeitig einzutreffen. König Arthur brauchte jeden Speer, jedes Schwert. In dieser Nacht beobachteten König Arthur und seine Ritter die riesige Horde der Sachsen, die im Tal lagerten. Tausend Lagerfeuer glommen durch die Dunkelheit. Abertausende von Sachsen warteten auf die Dämmerung. Im Morgengrauen standen die Schlachtlinien. Hengist, der seine wilden Krieger nicht zähmen konnte, feuerte sie an, den Feind zu überrennen.

König Arthurs Fußsoldaten hatten sich in drei Linien quer durchs Tal aufgestellt. Jede Viertelstunde ertönte ein Trompetensignal, die erste Linie ging nach hinten, die zweite rückte nach vorn. Die Sachsen, behindert durch ihre Vielzahl, wurden immer wieder mit ausgeruhten Truppen konfrontiert. „Prinz Eisenherz“, rief König Arthur, „der rechte Flügel weicht zurück. Nehmt Eure Abteilung, vermindert den Druck. Gawain, die Sachsen schwärmen aus dem Tal hinaus, uns in den Rücken zu fallen. Treibt sie zurück!“

Zu Lancelot meinte König Arthur: „Schaut, Hengists Standarte mit dem Hengstschweif kommt unaufhörlich unserer Fahne näher. Er sucht den Zweikampf mit mir. Wir sollten ihn nicht länger warten lassen.“ Jetzt waren alle königlichen Truppen in der Schlacht. Sie kämpften erbittert. Es galt zu siegen oder zu sterben. Für Britanniens Freiheit. Keine Reserven mehr, die in die Schlacht geworfen werden konnten . . . bis auf die kleine Truppe, die Arne aus Nord-Wales heranführte. Diese Reiter waren noch weit entfernt, aber jetzt vernahmen sie aus der Ferne den Lärm der Schlacht.

Gawain führte seine Abteilung auf den Hügelabhang, von wo seine Kämpfer die Sachsen wieder hinab ins tiefe Tal drängten. Hier waren so viele Feinde Britanniens, daß sie sich gegenseitig behinderten, viele konnten gar nicht die vordere Schlachtlinie erreichen. Hengists Standarte näherte sich Arthurs Fahne. Die besten Krieger beider Seiten drängten zur Entscheidung, kämpften um den Sieg.

All dieses Schlachtgetümmel bot sich den Augen von Arne und Cuddock, als sie den Rand des Tales erreicht hatten. Der junge walisische König war überwältigt von der Größe des Schlachtfeldes. „Arne, was kann unsere kleine Truppe gegen eine solche Übermacht ausrichten?" „Es war ein kleiner Stein", entgegnete Arne, „der den Riesen Goliath zu Fall brachte." — Noch hielten die königlichen Fußsoldaten den Schildwall quer durchs Tal des Weißen Pferdes. Aber es waren nicht mehr drei Linien tapferer Kämpfer — nur noch zwei. Schritt für Schritt mußten sie zurückweichen, die Verwundeten und Gefallenen zurücklassend, die immer noch ihre Pflicht erfüllten. Der Wall ihrer Leiber hinderte die Sachsen am Vorrücken. Wieder schwärmten Sachsen aus, nun drohten sie den linken Flügel zu überrennen.

Arne wies auf die Sachsen, die den linken Flügel bedrohten. „Angriff!" befahl er mit heller klarer Stimme, deutete auf die Sachsen, die den Hügel heraufkamen. So erlebte König Cuddock, fast noch ein Kind, seine erste Schlacht. An der Seite von Arne, hinter sich seine tapferen Krieger aus Nord-Wales, kämpfte er sich hügelabwärts.

„Majestät, unsere Hauptkampflinie bricht unter dem Druck der Übermacht zusammen", keuchte Lancelot. „Ich hab's schon bemerkt", antwortete König Arthur, mitten im dichtesten Kampfgetümmel, sein wunderbares Schwert Excalibur unaufhörlich schwingend, seinen Feinden Furcht,

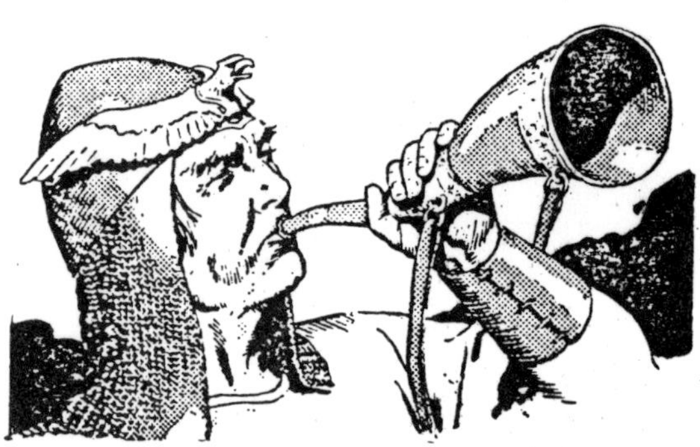

Angst und Tod austeilend. König Arthur befahl: „Laßt die Trompeten blasen, alle Ritter sollen sich um unsere Fahne scharen. Jetzt müssen wir alles auf eine Karte setzen."

Das Trompetensignal ertönte, rief alle Ritter, die den Kampf überlebt hatten, zur Fahne. Die Entscheidung stand bevor. Jetzt ging es um Britanniens Sieg oder Untergang, Freiheit oder Sklaverei.

Hengist, mächtiger König der Sachsen, umgeben von seinen Heerführern und den tapfersten Kriegern, erreichte die Erhebung von Badon Hill. Hier erwartete ihn König Arthur mit den Rittern der Tafelrunde. Barden und Troubadoure haben diesen Tag und seine Toten besungen. Vom Hügel hinabblickend sah Hengist, daß seine Horden zwanzigmal stärker waren — aber sie waren im Tal eingesperrt, nur in der vordersten Linie konnten sie kämpfen.

Prinz Eisenherz und seine Waffengefährten hatten dem rechten Flügel Unterstützung gebracht, dort die Sachsen abgewehrt. Da ertönte das Signal, sich um des Königs Fahne zu scharen. Was aber war mit dem linken Flügel?

Eisenherz blickte zurück. Ein Trupp wagemutiger Reiter kam den Hügel herabgestürzt und zerstreute die Sachsen, die den linken Flügel umfassen wollten. Wer waren diese rettenden Reiter?

Hengist erkannte die Lage. Seine Männer mußten hinter den Schildwall der vordersten Linie vor König Arthurs Truppen gelangen. Die sächsischen Krieger sahen, wie die Standarte mit dem Hengstschweif in rasendem Galopp den Hügel hinabgetragen wurde. Bedeutete dies den Rückzug? Ging die Schlacht verloren? Da kamen schon, wie eine schillernde Flut, die Ritter der Tafelrunde über die Kuppe des Badon Hill gestürmt. Sie trieben tiefe Keile in die dichtgedrängten Sachsen, teilten das riesige Heer in kleinere Gruppen.

Diese kleinen Gruppen waren den Rittern unterlegen. Sie rannten um ihr Leben. Panik griff um sich. Eisenherz und seine Männer zerstreuten diese Haufen, deren Kampfgeist verlorengegangen war. Eine unermeßliche Anzahl von Männern hatte den ganzen Tag für den Sieg gekämpft, nun schlugen Ritter hoch zu Roß auf sie ein. Dieser Taktik waren sie wehrlos ausgeliefert. Im dichten Gedränge konnte sich ihre Kampfkraft nicht mehr entfalten.

Kühne Krieger, die in vielen Schlachten furchtlos dem Tod ins Auge geblickt hatten, warfen ihre Waffen weg und flohen vor Furcht und um ihr Leben. Auch zwei junge Krieger verließen das Schlachtfeld. Sie bluteten aus vielen Wunden. Sie litten unter ihren Schmerzen, aber sie klagten nicht. Sie waren zu stolz.

Das große Gefolge der Sachsen, die Köche und Knechte, hatten die Wagen quer durch das Tal aufgestellt, um besser den Verlauf der Schlacht beobachten zu können. Der Wall aus Wagen versperrte den Sachsen den Rückzug.

Die Schlacht war geschlagen, der Sieg errungen. Die Ritter sammelten sich unter König Arthurs Fahne. Die Verfolgung der Feinde war Aufgabe der niederen Ritter und des Fußvolkes. Doch diesmal entschied der König: „Wir haben die Sachsen immer gerecht behandelt, ihnen erlaubt, auf unserer Erde zu siedeln. Aber immer wieder haben sie sich erhoben, mit den Eindringlingen und Eroberern verbündet. Laßt uns unsere Arbeit zu Ende bringen." Gnadenlos wurden die Sachsen verfolgt. Wer nicht unter Schwert oder Lanze sein Leben lassen mußte, verhungerte in den verwüsteten Landen, durch die die Sachsen vorher stolz gezogen waren. „Wir haben das Meer erreicht, kein Sachse ist mehr vor uns. Unsere Aufgabe ist jetzt erfüllt", verkündete König Arthur. Hengist, der Sachsenkönig, war entkommen, seine Macht aber gebrochen. Schier dreißig Jahre sollte es dauern, bis die Sachsen ihre nächste Invasion unternahmen.

Einige junge Krieger, die sich in der Schlacht ausgezeichnet hatten, wurden vom König zu Rittern geschlagen. Einer von ihnen war Prinz Charles aus Cornwall. Es war ehrenvoll, Prinz und Thronerbe zu sein, größer aber war es, ein Ritter König Arthurs zu sein. Vielleicht war ihm das Glück hold, und eines Tages konnte er ein Ritter der Tafelrunde sein.

Die stolzen Sieger von Badon Hill wurden auf Camelot empfangen und ungestüm gefeiert. Aber der Sieg war teuer erkauft worden. Mit Strömen von Blut und einem Meer von Tränen. So mancher Frau, die jetzt Witwe geworden war, stand der Sinn nicht nach siegesrauschenden Feierlichkeiten.

Zwei verwundete Veteranen erhielten auf Camelot besondere Aufmerksamkeit und Pflege. Und der junge König Cuddock hatte die zweifelhafte Ehre, die Zuneigung der Zwillinge Valeta und Karen, Arnes Schwestern, zu gewinnen. Das konnte nur zu Mißgeschicken führen.

Prinz Eisenherz lud den Ritter Charles zu sich nach Hause ein. Er fand seine Frau als Krankenwärterin für einen Prinzen und einen König. Und Aleta bewirtete auch Ailianora, ein hübsches blondes Mädchen.

Sir Gawain machte zuerst einer Königin seine Aufwartung. Er besuchte Gayle, die Frau Alricks des Fetten. Bevor er Artigkeiten austeilen konnte, mußte er einen Tadel einstecken: „Ihr habt mich umschmeichelt und mir süße Lügen erzählt, um meine Hilfe beim Cornwall-Aufgebot zu erlangen. Ihr habt versprochen, daß ich die Schönheitskönigin von Camelot sein würde. Nun, ich bin hier, und meine Nichte Grace erhält mehr Komplimente als ich.“ Gayle drohte scherzhaft dem Ritter.

Keine verheiratete Frau kann einen glücklichen Junggesellen sehen, wenn ledige Mädchen in der Nähe sind. Als Königin Gayle Charles sah, wußte sie, was ihre Pflicht war. Dann begegnete Charles Aleta und Ailianora, und Aleta beschloß, daß Ailianora einen solchen stattlichen Mann brauchte. Nun ja, Charles, deine Tage als Junggeselle sind auf jeden Fall gezählt.

Aleta verfolgte mit den Augen den jungen Charles, dem sie ihrem Schützling Ailianora bestimmt hatte. Plötzlich sah sie, als Charles durch den Garten spazierte, wie über ihm Königin Gayle einen Blumentopf nahm, sorgfältig zielte und ihn auf Charles' Kopf fallen ließ. „Tante, du hast ihn verletzt", entrüstete sich Grace, „warum hast du das getan?" „Um seine Aufmerksamkeit zu wecken. Lauf schnell zu ihm, entschuldige dich, bedaure ihn, sei ein bißchen einfältig." „O Sir Charles, wie könnt Ihr jemals mir Dummchen verzeihen. Kommt näher, daß ich Euch von dem Schmutz befreie. Ach, Ihr seid so stark, und ich fühle mich so hilflos."

„Das war ein Anschlag, um seine Aufmerksamkeit zu erringen. Ich hab's gesehen. Aber das wird Euch nichts nützen. Er wird Ailianora heiraten", sagte Aleta, die an die Brüstung zu Gayle getreten war. „Werdet Ihr auch solche schmutzigen Tricks anwenden?" fragte Gayle. Aleta überlegte, aber nicht lange. „Natürlich", gab sie zu. „Königin, Ihr sprecht wie eine Frau", lachte Gayle, „wir beide werden also einen Wettkampf austragen."

Ihre Augenlider flatterten sittsam, ihre weißen Hände waren sanft, ihr Haar glänzte, sie duftete wie eine schöne Blume. Charles war noch nie einem Mädchen so nahe gewesen. Ihm wurde ganz schwindelig.

Jetzt, nachdem sie gelernt hatten, wie man eines Mannes Aufmerksamkeit erregte, warteten Valeta und Karen auf Cuddock, für den sie beide schwärmten. „Aber triff ihn nicht an seiner Kopfwunde", ermahnte die sanfte Valeta ihre Schwester. „In Ordnung, ich laß den Blumentopf weg", antwortete die praktische Karen. „Wir haben seine Aufmerksamkeit gewonnen, aber es scheint nicht, daß er uns jetzt mehr liebt", murmelte Valeta. Karen überlegte: „Soll ich den Topf hinterherwerfen?"

Der Kampf um die Männer ging weiter. Aleta überlegte. Ihr Schützling Ailianora war groß und blond, eine wohlgestaltete Walküre, aber sehr zurückhaltend und schüchtern. Ihre Gegnerin im Duell um Prinz Charles, die fröhliche Grace, war niedlich und anschmiegsam. Aleta mußte ihre Kandidatin um die ritterliche Gunst mit all ihren Vorteilen präsentieren. So setzte sie sich mit der verwirrten Ailianora an den Rand des Seerosenteichs, Charles erwartend. Der kam auch vorbei, grüßte — und da erlitt das blonde Mädchen plötzlich einen Unfall. Sie fiel in den Teich. „Hilfe! Hilfe!“ schrie Aleta, „Prinz Charles, schnell, rettet sie!“ Galant half der Ritter dem tropfenden Mädchen aus dem Teich. Ihr nasses Haar glänzte im Sonnenlicht wie Gold. Ihr einfaches Kleid, klatschnaß, klebte an ihrem schönen Leib. Er schaute sie bewundernd an, konnte keinen einzigen Makel entdecken.

,,Nun hüllt sie schön in Euren Mantel, Prinz Charles'', empfahl Aleta sieghaft lächelnd. ,,Und bringt sie heim, bevor sie sich noch erkältet.'' Die Vorstellung hatte Zuschauer gehabt. Königin Gayle eilte schnell herbei, und sie zankte mit der schelmisch dreinblickenden Aleta: ,,Das war ein ganz gemeiner Trick, eine schamlose Art, die Figur des Mädchens zur Schau zu stellen. Ach, ich wünschte, als erste auf diese Idee gekommen zu sein.''

Im unerschütterlichen Glauben, daß die Erwachsenen alles wissen mußten, wie man die Liebe eines Mannes gewinnt, lauerten die Zwilligen Valeta und Karen auf den jungen König Cuddock. Da kam er schon des Weges. Und Valeta schrie auf und fiel in den Teich. ,,Wenn ich so tolpatschig wäre wie ihr zwei, würde ich meinem Kindermädchen immer am Schürzenzipfel hängen'', grummelte der Jüngling gequält, als er die nasse Valeta an Land zerrte.

Königin Aleta richtete eine Falkenjagd für Prinz Charles und Ailianora aus. Das Mädchen sah schön aus, Charles freute sich über ihre geröteten Wangen und ihre vor Aufregung glänzenden Augen. Königin Gayles Gegenschlag war eine Tanzveranstaltung am Abend desselben Tages. Ihre Nichte war frisch, fröhlich — und ausgeruht. Ailianora war müde — und vom Reiten schmerzte ihr ein bestimmter Körperteil. — Sie konnte an diesem Abend nicht tanzen.

Königin Aleta beauftragte Prinz Charles, Ailianora das Bogenschießen beizubringen. ,,Ich weiß, du bist ein guter Schütze'', hatte sie zuvor zu ihrem Schützling gesagt, ,,aber zeige nicht deine Fähigkeiten. Laß Charles glauben, seine Bemühungen wären erfolgreich.''

Königin Gayle spielte ihren Trumpf aus. Ein Picknick auf einer sonnigen Lichtung — weit weg von neugierigen Augen. Nun ja, zwei Paar Augen sahen doch aufmerksam zu und lernten, wie es die Erwachsenen machten. Ein Frühstück im Grünen also mußte auch bei Cuddock wirken. Mit einem verführerischen Köder lockten sie die Forellen weg, die Cuddock spießen wollte. Dann fütterten sie ihn mit ihren Vorräten. Denn Cuddock, der junge König von Nord-Wales, war für die Zwillinge das wunderbarste und aufregendste Wesen, das sie je erlebt hatten. Und sie mußten doch seine Liebe wiedergewinnen — ob er nun wollte oder nicht.

Am Abend tauschten zwei Opfer weiblicher Attacken ihre Erfahrungen aus. ,,Wie kann sich ein Mann, ohne grob zu werden, zwei zudringlichen Frauen erwehren?" fragte Cuddock. ,,Ach", meinte Charles amüsiert, ,,das ist der Preis, den du dafür bezahlen mußt, daß du so anziehend auf Frauen wirkst."

Prinz Charles' Eitelkeit hatte ihren Höhepunkt erreicht. Es schien, daß alle schönen Damen um seine Gunst wetteiferten. In ein neues Gewand gekleidet, ging er spazieren, die holde Weiblichkeit mit seinem Anblick zu erfreuen. Seine Vernunft hatte einen Tiefpunkt erreicht. Ein Schniefen der Geringschätzigkeit holte ihn aus den Wolken der Selbstgefälligkeit zurück auf den Boden. Er blickte sich um, sah ein schmächtiges Mädchen mit roten Strähnen und unzähligen Sommersprossen im Gesicht. ,,Hm, womit hab ich das vedient?" verlangte er zu wissen. ,,Weil Ihr ein solcher Einfaltspinsel seid. Ihr laßt Euch von zwei ränkesüchtigen Damen als Preis für ihre Ehestiftungen mißbrauchen. Und nur, weil Ihr ein Thronerbe seid — und nicht, weil Ihr so gut ausseht", schimpfte sie. ,,Wer bist du denn, um über gutes Aussehen reden zu dürfen?" fauchte Charles zornig, ,,du bist dünn wie eine Lanze und gesprenkelt wie ein rostiger Helm!"

„Geck", sagte sie nur, schwang sich von der Brüstung und ging stolz von dannen. Nach all den Aufmerksamkeiten, die Charles von Ailianora und Grace empfangen hatte, brachte ihn diese Abfuhr auf seine richtige Größe. Er fühlte sich ganz klein. Ihre Schultern fielen nach vorn, mit gesenktem Kopf stolperte sie ihres Weges. „Wartet, Lady!" rief er, „ich hab das nicht so gemeint. Wenn ich Euch gekränkt habe, verzeiht mir." „Laßt mich", schluchzte sie. Aber mit festem Griff hatte er ihre dünne Schulter gepackt. Er starrte in ihr tränenfeuchtes und sonnengesprenkeltes Gesicht. „Aber was . . . warum", stammelte er. „Weil ich dich liebe. Ich liebe dich, seit du in Camelot weilst. Und jetzt laß mich gehen, du reizloser Tolpatsch."

Minuten vergingen, atemlose Minuten. Eine wunderbare Wahrheit wurde offenbar. ,,Wir werden wahrscheinlich die tolpatschigsten Kinder in ganz Cornwall haben'', sprach er schließlich. Prinz Charles, in fester Umarmung einen Schatz fest an sich drükkend, schwebte wieder in den Wolken. So bemerkte er nicht, wie sich eine Schar von Zuschauern ansammelte. ,,Ihr enttäuscht mich, Prinz Charles'', schalt Königin Aleta, ,,mein Schützling Ailianora ist für jeden Königshof eine Zier von unbeschreiblicher Schönheit.'' ,,Ihr werdet diesen Tag bitter bereuen'', sprach düster Königin Gayle zu Charles, ,,meine Nichte Grace ist eine lieblichere Königin als dieser magere

Rotschopf.'' Prinz Charles blickte in das Gesicht voller Sommersprossen und grinste: ,,Ich glaube, mein ganzes Leben lang hab ich auf einen mageren Rotschopf gewartet. Willst du mich heiraten? Wie heißt du übrigens?'' — Die Zwillinge litten an ihrer unerwiderten Liebe zu Cuddock. Sie hatten alles, was ihnen die Erwachsenen gezeigt hatten, eifrig nachgeahmt — ohne Erfolg. ,,Die haben von wahrer Liebe keine Ahnung'', stellte Valeta fest, ,,ich frag mich nur, wie Mama ihren Mann gekriegt hat.''

Und es kam der Tag, an dem der junge König Cuddock seine Reiter wieder nach Nord-Wales führte. Karens Abschiedsgeschenk war ein Puppenkopf, kunstvoll aus Holz geschnitzt. Valeta überreichte ihm ein Tuch: „Das habe ich selbst gestickt.“ „Warum gebt ihr mir eure kostbaren Besitztümer?“ fragte Cuddock. „Wir lieben dich doch“, war Karens Antwort.

Sollten Grace und Ailianora über den Verlust von Prinz Charles betrübt gewesen sein, so wußten sie ihre gebrochenen Herzen sehr gut zu verstecken. „Herzlose Geschöpfe“, wetterte Karen, „sie vergessen schnell. Aber unsere Liebe zu Cuddock wird ewig währen.“ „Wir werden in ein Kloster eintreten und gute Werke tun — so werden wir uns über unsere Schmerzen hinwegtrösten.“

Übrigens ist überliefert, daß König Cuddock, als er nach vielen Jahren zu einem Turnier nach Camelot kam, seinen Helm mit einem hölzernen Puppenkopf verziert hatte. Und an der Schulter seines Schwertarmes flatterte ein Seidentuch mit wunderschönen Stickereien.

Ein Kampf um Thule

An dieser Stelle gerät unsere Geschichte ins Stocken. Eine der uralten Pergamentrollen, auf denen die Sage vom Singenden Schwert, das Epos um Prinz Eisenherz, überliefert worden ist, ist zerbröckelt. So war es den Gelehrten leider nicht möglich, den alten lateinischen Text zu entziffern und zu übersetzen. Aber es wird wohl so gewesen sein . . .

. . ., daß Prinz Charles den Weg westwärts nach Cornwall ritt. In seiner Begleitung seine Braut, das schlanke und rothaarige Mädchen. Charles war überzeugt, daß man Schönheit messen konnte: an der Zahl der Sommersprossen.

In den damaligen Zeiten sangen Troubadoure von Mädchen mit gebrochenen Herzen, die sich vom höchsten Turm der Burg in die Tiefe stürzten. Aber in Camelot, wo es von jungen und hübschen Männern wimmelte, wird es wohl so gewesen sein, daß Grace und Ailianora einen anderen Weg genommen haben.

Ob die Zwillinge ihren Vorsatz, ins Kloster zu gehen, vergessen hatten? Es wird wohl so gewesen sein, daß der Schmerz wegen Cuddocks Heimkehr ihre Lust an ihrer üblichen — und manchmal auch üblen — Beschäftigung nicht verminderte. — Welche Abenteuer in der zerstörten Schriftrolle verzeichnet waren, werden wir nie erfahren. Wo der Text wieder zu lesen war, befand sich Prinz Eisenherz auf dem Weg nach Norden. Es ist zu vermuten, daß der Prinz von seinem Vater, König Aguar von Thule, zu Hilfe gerufen worden war.

Welche Gefahren mochten an Thules Küste lauern? Mit vollen Segeln fuhr das schnelle Schiff tagelang nach Norden. Jetzt war es Mittag, die Sonne hatte ihren höchsten Stand erreicht. Die Länge des Schattens zeigte an, daß das Wikingerschiff einen bestimmten Breitengrad erreicht hatte. Boltar, Seekönig und Freund von Prinz Eisenherz, befahl seinen Männern, Kurs nach Osten zu nehmen, die Waffen griffbereit zu halten. Die Wikinger griffen zu den Riemen, bald tauchte aus dem Nebel die Küste auf. Vorsichtig ruderten die Männer zwischen den Inseln hindurch. Sie erreichten Bergen, die kleine Stadt der Bootsbauer. Ihre Ankunft wurde mit wachsamen Augen verfolgt, in den Häusern und auf den Werften wurden die Waffen ergriffen. Doch dann erkannte man, daß sich an Bord des Schiffes der Prinz von Thule befand. So konnte Boltar unbehelligt in den Hafen einlaufen. Kaum an Land, eilte ein Bote herbei und begrüßte Eisenherz: ,,Eine feindliche Flotte fährt an der Küste entlang, ihren Weg mit Plünderung und Zerstörung markierend. Und irgendwo im inneren Land marschiert eine Armee. Wenn sich beide am Trondheimfjord vereinen, dann ist Thule verloren.“ Es galt, schnelle Entschlüsse zu fassen, rasch Befehle zu erteilen.

Boltar nahm mit der königlichen Familie an Bord wieder Kurs auf die offene See, wo es sicherer schien. Prinz Eisenherz und Nall, der Bote, segelten dicht an der Küste entlang, sie wollten den mächtigen Sognefjord erreichen. Der Bote berichtete, welch große Gefahr dem Reich von Thule drohte: „Skogul Oderson hat unter den Stämmen der Ostsee eine wilde gesetzlose Armee angeworben. Im Oslofjord ist er mit diesen Männern gelandet, jetzt marschiert er durch das Tal nordwärts, um König Aguars Festung zu erreichen."

Prinz Eisenherz und Nall waren in den Fjord gelangt, verließen das Boot. Nall berichtete: „Bei jeder Ansiedlung läßt Skogul Oderson seinen Gefangenen die Wahl. Entweder schwören sie ihm den Treueid oder sie müssen sterben. Der grausame und erbarmungslose Skogul scheint verrückt zu sein. Aber das stört seine Männer nicht."

Nach dem Aufstieg hatten Eisenherz und Nall das Fjell, die Hochebene erreicht. „Hier werden wir uns mit einem Späher treffen." „Skogul versteckt sich mit seiner ganzen Armee in dieser Wildnis", gab Prinz Eisenherz zu bedenken, „wie kann uns hier ein Späher treffen?" Er wies auf die riesige Ebenne mit ihren Flüssen und Seen, Hügeln und Tälern. „Er ist ein ganz besonderer Späher", lächelte Nall.

Sie erreichten einen See, dort wartete ein Mann neben seinem Boot. Dieser Mann sah bekannt und vertraut aus. „Garm!“ rief Eisenherz erfreut, „wie ich mich freue, Euch wiederzusehen! Nall, das ist Garm, der königliche Jäger, der Lehrer meines Sohnes Arne.“* Später, im Nachtlager, erzählte Garm: „Dieser Skogul Oderson ist entweder besonders begabt oder besonders verrückt. Seine Flotte ist im Süden, sie plündert sich nordwärts. Des Königs kühne Wikinger müssen sich dieser Herausforderung stellen. Inzwischen marschiert Skoguls Armee, aufgeteilt in kleine Horden, nach Norden, unsichtbar im weiten wilden Wald.“

* *Die Abenteuer, die Garm und Arne bestanden haben, sind in Band 5 von „Prinz Eisenherz“ mitzuerleben*

Viele Tage lang marschierten die drei Kundschafter südwärts. Sie hofften, auf die Eindringlinge zu treffen, ihre genaue Richtung und ihre Stärke zu erkunden. Sie trafen aber nur auf eine Gruppe schreckerfüllter Flüchtlinge, die auf dem Weg nach Norden waren. Diese Menschen erzählten von Grausamkeiten, die selbst in den damaligen Zeiten unerhört waren. Prinz Eisenherz wußte nicht mehr, als daß da draußen, irgendwo zwischen den Seen und Flüssen und den waldbekränzten Hügeln, ein Feind war, der sich wie eine Heuschreckenplage vorwärts bewegte, Vernichtung und Zerstörung hinter sich lassend.

Überall, wohin Eisenherz kam, hörte er eine ähnliche Antwort, wenn er die Männer fragte, ob sie sich zu einer Truppe zusammenschließen wollten. ,,Warum soll ich das verlassen, wofür ich kämpfe? Nein. Ich bin Ole Oleson, und ich bleibe hier. Ich kämpfe für mein Haus und meinen Hof.'' Eisenherz hatte es nicht einfach in diesen Zeiten.

„Boote kommen über den See", meldete Garm, „wahrscheinlich Flüchtlinge, die dem Feind entkommen sind." „Dann haben sie alles verloren", meinte Prinz Eisenherz, „mehr verlieren können sie kaum. Aber viel können sie gewinnen. Vielleicht ist das der Beginn einer bewaffneten Widerstandsmacht gegen die Eindringlinge und Eroberer." Die Flüchtlinge, das sichere Ufer hatten sie erreicht, erzählten von der Nacht des räuberischen Überfalls, als die schreienden Barbaren die Palisaden gestürmt hatten, Feuer und Tod bringend. Auf Eisenherz' Frage antworteten die Männer: „Ja, wir schließen uns Eurer Truppe an." Und voller Entschlossenheit: „Wir tun alles, um den Tod unserer Freunde und Familien zu rächen."

Prinz Eisenherz führte seine kleine Truppe zu Ole Olesons Gehöft. Die Palisaden waren stark, zwanzig wehrfähige Männer, Ackerknechte und Schafhirten, arbeiteten hier. Allerdings zählten die räuberischen Eindringlinge etwa hundert Mann. Eisenherz überlegte, wie er das Kräfteverhältnis ausgleichen konnte. Der Fluß, der dem Gehöft und den Feldern das Wasser brachte, schien geeignet. Er verbreiterte sich hier zu einem See, angefüllt mit herangeflößten Baumstämmen, die Ole für ein neues Gebäude brauchte. Und, das war besonders günstig, dann verengte sich der Fluß zu einer engen Rinne.

Hier, so hatte Prinz Eisenherz beschlossen, sollte die schmutzige Horde der Eindringlinge baden gehen.
War das nicht sehr nett von unserem Helden?

Alle Hände wurden gebraucht. Selbst in der Nacht, beim Licht der Sterne und großer Feuer, wurde gearbeitet, einen Damm zu errichten, um den Fluß zu stauen. Im Morgengrauen waren die Männer erschöpft, die Arbeit war beendet.

Langsam füllte sich der Stausee. Ein Hebel konnte die Konstruktion zum Einsturz bringen. „Jetzt sollten wir Kundschafter ausschicken, um zu wissen, wo der Feind steht", meinte Eisenherz. „Das ist nicht nötig", antwortete Garm, „ich habe tausend Kundschafter, die mir Nachrichten bringen. Seht nur, dort!"

Der alte Jäger Garm erklärte dem verdutzten Prinzen: „In der Ferne hört Ihr eine Krähe rufen. Wäre es ein Kampf- oder Futterruf, würden andere Krähen antworten. Es war ein Warnruf. Das Reh mit ihrem Kitz dort drüben ist wachsam, bewegt sich langsam von einer Gefahr hinweg. Viele kleine Vögel schwirren umher, aufgescheucht von ihren Nist- und Futterplätzen."

Zwei Stunden vergingen, Garm beobachtete weiter. Dann bezog eine einzelne Krähe auf einem hohen Baum Wachposten. Ein Rehbock, das Geweih zurückgeworfen, fegte mit wehendem Schwanz vorbei. Die Elstern kreischten laut. „Wir müssen gehen, der Feind ist in Kürze hier."

Aber Ole spottete der Warnung: „So, Ihr habt keine Angreifer gesehen. Aber Ihr glaubt, was Euch die Rehe und die Vöglein erzählen." Garm deutete zur Lichtung, wo die ersten Räuber sich zum Angriff auf das Gehöft sammelten. „Wäre es nicht besser, Ihr hättet den Verstand eines Vögleins?" Ole erkannte die Gefahr, schlug die Tore schnell zu und verrammelte sie. „O Wotan", betete er, „mach mich so gescheit wie ein Vöglein."

Von den Palisaden herab sahen Prinz Eisenherz und die Verteidiger von Ole Olesons Anwesen, wie der Angriff vorbereitet wurde. Bäume wurden gefällt und als Sturmleitern zugerichtet. Ein besonders dicker Stamm diente als Rammbock. Mit gellendem Geschrei begann der Sturm. Eisenherz gab dem Trompeter ein Zeichen. Speere und Streitäxte zischten und wirbelten durch die Luft, als die Horde durch das trockene Flußbett vor die hohen Palisaden stürmte.

Weiter oben im Tal hörten die Männer am Staudamm das verabredete Trompetensignal. Der Damm wurde langsam geöffnet. Donnernd und röhrend stürzten die gestauten Wassermassen in das trockene Flußbett, wälzten sich mit ungeheurer Kraft zu Tal.

Es war nicht so, daß die Angreifer etwas gegen ein Bad einzuwenden gehabt hätten. Aber nicht so plötzlich. Und nicht mit soviel Wasser. Es darf bezweifelt werden, daß sie jemals noch ein anderes Bad genommen haben. Für eine Weile sah es sogar aus, als ob Prinz Eisenherz' Plan zu gut gewesen wäre — die Wasserflut drohte alle Gebäude hinfortzuschwemmen. Jetzt gingen auch die Verteidiger baden.
Aber die starken Palisaden wehrten der Gewalt der Wasser. Die Beute, die die Angreifer hinterließen, war beachtlich. Die große Menge an Waffen verleitete Eisenherz zu einem Gedanken, verwegen, so gefährlich, daß seine außerordentliche Kühnheit erfolgreich sein dürfte.

Skogul Oderson führte seine Truppen nach Norden, wo König Aguars Festung Wikingsholm trutzte. Der grausame Kriegsführer von der Ostsee hatte befohlen, das Leben der Bewohner des Landes, das geplündert und ausgeraubt wurde, nicht zu schonen. Seine Horden überfielen die Bauernhöfe und kleinen Ansiedlungen, deren Einwohner von den Eindringlingen mit Schwert und Feuer gemeuchelt wurden.

König Aguar rief die Heerführer und Häuptlinge seines Landes zusammen, um sie gegen den Feind auszusenden. Aber wo war der Feind? Die Horden des Skogul waren im Oslofjord gelandet und dann zwischen den Hügeln und den Wäldern verschwunden. Sogar des Königs Kundschafter konnten nicht ihre Anzahl und die räuberischen Wege der aufgesplitterten Scharen melden.

Prinz Eisenherz suchte auch den Feind. Diesmal mußte er nicht lange suchen. Flußaufwärts näherten sich Boote. Eisenherz suchte für seine zwanzig Kämpfer einen Hinterhalt. „Garm, warum liegen die Baumstämme hier?" fragte er. „Sie werden in den Fluß gerollt und treiben zur nächsten Ansiedlung, wo Häuser daraus errichtet werden." Schnell wurde ein Baum gefällt, der die eine Seite der Durchfahrt sperrte. Die Strömung war hier jetzt reißend, die Räuber mußten ihre Boote stromaufwärts schleppen und ziehen. „Ich bin versucht, diese Baumstämme in den Fluß donnern zu lassen", flüsterte Eisenherz. „Ich helfe Euch", murmelte Garm und griff nach seiner Axt.

Mit wuchtigen Hieben schlugen Eisenherz und Garm die Pflöcke weg, die die Baumstämme hielten. Dann dröhnte eine hölzerne Lawine den Abhang hinab, krachte in den Fluß, ertränkte das Schreckensgebrüll der Eindringlinge, die dieser Gewalt hilflos ausgeliefert waren. Das Holz zermalmte die Boote. Die verschont wurden, kenterten in der riesigen Woge und im wilden Strudel. Die wenigen Männer, die diesem Wirrwarr entkommen konnten, wurden Opfer von Eisenherz' Bogenschützen und Speerwerfern, die am Ufer lauerten.

Die wenigen Krieger, die schwimmend das andere Ufer erreichten, waren für niemanden mehr eine Gefahr. Sie hatten sich ihrer Waffen und Rüstsungen entledigt, um nicht zu ertrinken. Sie verschwanden in den dichten Wäldern und blieben verschollen.

Gerüchte verbreiten sich immer sehr schnell. So auch hier in diesem dünn bevölkerten Land. Die Geschichten von Skoguls räuberischen und grausamen Horden, ihrem geheimnisvollen Erscheinen und ihren schrecklichen Taten erfüllten die Siedler mit Furcht. Prinz Eisenherz fand viele Rekruten für seine kleine Kampftruppe. Doch er nahm nur die besten und bewaffnete sie.

Garm deutete auf die andere Seite hinüber, wo hinter dem Hügel dichter Rauch aufstieg. ,,Bis jetzt waren wir Skoguls Kriegsbanden immer voraus'', sagte er, ,,wir konnten ihnen unser Handeln aufzwingen. Jetzt ist eine Horde vor uns. Schaut, Prinz, dort haben sie eine Ansiedlung in Schutt und Asche gelegt.'' Im Eilmarsch erreichte Eisenherz' Kampftruppe am nächsten Morgen die Stätte des Grauens. Skoguls grausame Räuber hatten wieder Feuer und Tod zu diesem großen Gehöft gebracht. Prinz Eisenherz gab seinen Kriegern viel Zeit, sich anzuschauen, welche Schrecknisse und Grausamkeiten hier verübt worden waren. Glücklich waren die zu schätzen, die kämpfend gefallen waren. Die anderen hatten es wohl begrüßt, als der Tod sie endlich ereilte.

,,Es waren eure Leute, die hier sterben mußten'', sprach der Prinz zu den Männern, die schon viel erlebt hatten, aber noch nie so erschüttert worden waren. ,,Vergeßt niemals, was ihr jetzt gesehen habt. Wenn wir auf diese tückischen Bestien treffen, die sich hier ausgetobt haben, dann wollen wir die Opfer rächen.''

Garm nahm die Spur auf. „Es gibt keine Abdrücke von Pferdehufen. Die Tiefe der Fußspuren zeigt, daß sie mit schwerer Beute beladen sind. Wir sollten sie in der Dämmerung überraschen. Es sind mehr als hundert Krieger."

Aber schon nach wenigen Stunden stießen sie auf den Feind. Garm, der die Truppe anführte, gab den Männern hinter sich ein Zeichen. Sie schlossen sich der grausamen Horde der Eindringlinge an, die damit beschäftigt waren, Bäume zu fällen und Sturmleitern zu fertigen. Keiner schenkte der Verstärkung von Skoguls Horde Aufmerksamkeit.

Prinz Eisenherz tauschte seine Ritterrüstung gegen eine Kleidung, die ihn nicht verraten konnte. Er kundschaftete das Ziel der angriffslustigen Krieger Skoguls aus: eine Ansammlung von Häusern, Scheunen, Ställen, umgeben von starken Palisaden. Schon besetzten die daheimgebliebenen Siedler die hölzernen Mauern, Knechte und Leibeigene verließen hurtig die Felder, rannten zu den Häusern. Skoguls Horde stellte sich am Waldesrand auf, Prinz Eisenherz und sein Trupp bildeten die letzten Reihe. Die Kriegstrommel dröhnte, die Invasoren rannten kreischend über das Feld.

Der Anführer der Siedler rief trotzig Schmähungen den Angreifern entgegen. Seine Gefolgsleute waren bereit,

sich und die ihren zu verteidigen. Sie wußten, welche Greuel sie zu erdulden hätten, sollten sie besiegt werden. In diesem Kampf ging es um Leben oder unsägliche Qual und bitteren Tod.

Da sahen die Verteidiger auf den Palisaden: Die vorwärtsstürmende Horde ließ eine breite Spur hinter sich — von toten Schurken, die den Weg vom Wald zur Ansiedlung markierten!

Prinz Eisenherz und seine kleine Truppe, die sich Skoguls wilden Kriegern angeschlossen hatten, griffen die angreifenden Schurken von hinten an. Erbarmungslos und mit tödlicher Sicherheit verminderten sie die Überzahl der mordlüsternen Horde. Den Schurken, deren Schicksal sich jetzt erfüllte, blieb keine Zeit, sich zu wundern — oder die Kumpane zu warnen.

Jetzt hatte die Spitze von Skoguls Horde die Ansiedlung erreicht. Noch hatten die beutegierigen Männer nicht bemerkt, was sich in den hinteren Reihen abspielte. Da hörten die Vorwärtsstürmenden und die Verteidiger auf den Palisaden den donnernden Kriegsruf: „Für König Aguar! Für Thule!“ Die Verwirrung unter Skoguls Männern war groß. Wieder ertönte der Ruf: „Für Thule!“

Begeistert nahmen die Ansiedler den Ruf auf: „Für König Aguar! Für Thule!" Und die schweren Tore schwangen weit auf. Die Verteidiger schwärmten aus. Für einen Augenblick erstarrten die Angreifer, harrten bewegungslos. Dann hatten sie es begriffen: Sie wurden von vorn und von hinten angegriffen. Jetzt lernten die wilden und grausamen Krieger ein Gefühl, das sie bisher nur verbreitet hatten: Angst beschlich sie, Furcht erfüllte sie.

In diesem Gefecht wurden keine Gefangenen gemacht. Eisenherz' Kämpfer hatten gesehen, mit welcher Unmenschlichkeit die Eindringlinge vorgingen, sie wollten die gemeuchelten Opfer rächen. Nur wenige von Skoguls Männern, die ihre Waffen und ihre Kampfgefährten im Stich ließen, konnten in die dichten Wälder entkommen. Beim Untergang der Sonne war der erbitterte Kampf zu Ende. Die Verwundeten wurden in die Ansiedlung gebracht. Auch die reiche Beute und die Waffen wurden hinter die Holzmauern geschafft. Dann begann die Zeremonie der Bestattung. Viele waren an diesem Tag gefallen. — An diesem Abend beschloß Skogul Oderson, es wäre Zeit für den Marsch auf Wikingsholm.

Skogul hatte den Ort erreicht, wo sich alle seine Kriegerhorden versammelt hatten. Nur drei seiner Banden waren nicht eingetroffen, keine Spur von ihnen. Inzwischen beriet sich Prinz Eisenherz mit Garm und Nall. „Wir haben drei von Skoguls Horden aufgespürt und vernichtet. Das wird er inzwischen bemerkt haben. Garm, bring in Erfahrung, wo Skogul ist, was er vorhat.“ Der alte Jäger fand Skoguls Armee, die talaufwärts marschierte und dann nach Nordost schwenkte: Das war der Weg nach Wikingsholm. Garm berichtete dem Prinzen, der mit seinen Kämpfern eine seltsame Arbeit verrichtete. Ein Bote wurde nach Wikingsholm gesandt.

Skoguls Spähtrupp fand bald heraus, was mit den vermißten Kriegern geschehen war. Ein grausliches Monster war aus dem dunkeldüsteren Wald gestapft und hatte die Männer verschlungen. Die Spuren waren eindeutig. Und auch die verbogenen Waffen und zerrissenen Kleider waren die ihrer Kumpane. Skogul bekam eine gar schreckliche Geschichte erzählt.

„Garm", bestimmte Eisenherz, „Ihr bleibt mit der Gruppe im Rücken von Skoguls Armee und berichtet über alle Änderungen in den Plänen unserer Feinde. Nall und ich umgehen mit zwanzig Mann die Eindringlinge, um nach Wikingsholm zu gelangen." Es war ein rauher Marsch durch die Wälder, über die Hügel.

Nun hatte Prinz Eisenherz mit seiner Gruppe Skoguls Armee umgangen. Er legte Kettenhemd und Rüstung ab, gab Nall auch Helm und Schild. Nur das Singende Schwert behielt er.

„Jetzt muß ich schnell und allein weiter. Nall, ihr hinterlaßt auf eurem Weg die Spuren des Monsters. Lehrt unsere Feinde das Fürchten."

Dann begann der Prinz seinen langen Lauf nach Wikingsholm, den König vor der Invasionsarmee zu warnen. Ohne Rast und Ruh eilte er durch Täler und über Berge, nicht wissend, was hinter seinem Rücken geschah.

Nall konnte seinen grimmen Humor voll zur Geltung bringen. Einem erjagten Bär nahmen sie das Fleisch für die Vorräte ab. Der Rest wurde in Fetzen gehauen, die Knochen zerbrochen. So sah es jetzt aus, als wäre das Monster wieder aus dem Wald herausgebrochen, hätte im Vorbeigehen einen großen Bären zum Frühstück zermalmt und aufgefressen.

Nall wünschte sich, die abergläubischen wilden Krieger beobachten zu dürfen. Doch er und seine Männer mußten weiter . . .

. . . und noch mehr Beweise von der Schrecklichkeit des Monsters liefern. An einem Flußübergang schuf Nall sein Meisterwerk. Die Abdrücke auf dem weichen Boden der beiden Ufer bewiesen: das Monster konnte siebzig Fuß weit springen! Skogul Oderson hatte die Küsten und Häfen der Ostsee von den schlimmsten Schurken befreit — in dem er sie für seine Räuberarmee angeheuert hatte. Diese brutalen Kerle waren rücksichtslose Kämpfer. Aber sie waren auch abergläubisch, fürchteten das Unbekannte. Sie scheuten nicht die Gefahren der See, aber jetzt hatten sie Angst vor den dunklen Wäldern, in denen Ungeheuer hausten. Die Männer wollten meutern. Skogul zog sein Schwert und streckte die Rädelsführer nieder.

Nall führte seine Männer nach Trondheim, die Einwohner vor der heranrückenden Armee zu warnen. Auf dem Werftgelände sah er einen großen Drachenkopf, die Bugzier eines neuen Langschiffes. Der Kopf war so gräßlich schön, daß Nall ihn sich ausborgte. Die Handwerker freuten sich, daß ihre Arbeit helfen sollte, Skoguls Räuber, von deren Grausamkeiten sie schon gehört hatten, das Handwerk zu legen.

Die Armee der Eindringlinge kam des Weges, der hinunter nach Trondheim führte. Die Männer bogen um eine Biegung — da lauerte ein Drache am Waldesrand. Aus der mordlüsternen und beutegierigen Armee wurde ein panikgeschüttelter Haufen durcheinander stürzender Männer. Als dann der Drache den Männern seinen Kopf zuwandte, ein gräßliches Röhren sein Echo von den Hügeln herabwarf . . .

. . . da wurden aus den fürchterlichen Räubern furchtsame Wimmerlinge. Ihre Angst vor dem Ungeheuer war größer als die Angst vor Skogul. Sie flohen. Nur Skogul floh nicht. Sein verworrener Geist war mit größeren Schrecken erfüllt, als ein Drache verbreiten konnte. Und die Sklaven, die seine Habe trugen, konnten nicht fliehen. Sie waren angekettet. Ihnen befahl er, ihm einen Trank aus heiligen Pilzen zu brauen. Er leerte den Becher in einem Zug, das Rauschgift wirkte und verwirrte seinen Geist vollends.

Skogul Oderson war ein Berserker, der alles Leben — Frau, Mann, Tier — auslöschte. Bis zu seinem Tod. Ein kleiner Junge fischte Lachs. Von seinem schwankenden Gerüst sah er den Wüterich, mit gezücktem Schwert kam Skogul näher. Der reißende Strom verschlang den schwerbewaffneten Führer einer Invasionsarmee. Er war besiegt worden von einem Kind, das nur mit einem Netz und einem nassen Fisch bewaffnet war.

Prinz Eisenherz hatte Wikingsholm erreicht. Noch wußte er nicht, daß Skoguls Armee geflohen war, daß der wahnsinnige Skogul wie ein toter Fisch in einem Fluß trieb. Trotz der stürmischen Begrüßung durch seine Familie konnte er seinem Vater, König Aguar, Bericht erstatten. Auf allen Bergen wurden Signalfeuer entzündet. Bei Tage quoll dicker Rauch zum Himmel, nachts loderten helle Flammen. Hartgesottene Männer gingen an Bord ihrer Langschiffe, mit den Riemen schlugen sie den Rhythmus zu ihren Kriegsgesängen.

Als erster traf Boltar, der Seekönig ein. Er vernahm, daß Skoguls Armee vom Land her und seine Flotte von See aus Wikingsholm angreifen wollten. Boltar erwies sich als sehr großzügig: „Eisenherz, Ihr dürft die feindliche Armee haben. Meine Jungs und ich kümmern uns um die Flotte.“

Die Flotte der Feinde segelte in den Fjord. Sie trafen nicht Skoguls Armee, sondern die von König Aguar. Hinter ihnen fuhren Thules Wikinger in die Bucht, den Rückzug abschneidend. Es ist nicht überliefert, ob es zu einer erbitterten Schlacht kam. Oder ob es für Thules Krieger nur eine leichte Übung war, den Feind zu vernichten.

Prinz Arne hatte für den Sieg Thules auf Boltars Drachenschiff gekämpft. An Bord war auch Hatha, Boltars Sohn. Er fragte seinen Freund Arne: ,,Erinnerst du dich an das Versprechen, das deine Mutter, die Sonnenfrau, meinem Volk gegeben hat? Sie halten sie für die Göttin der Sonne. Sie hat versprochen, daß eines Tages ihr Sohn wiederkommen werde." ,,Ich erinnere mich an diese Geschichte*, die mir meine Mutter erzählt hat", sagte Arne, ,,es war zu der Zeit, als ich noch nicht geboren war." Und Arne berichtete, was damals geschah. Ulfrun, der sich der Seefalke nannte, begehrte Aleta. Er entführte sie, schleppte sie auf sein Langschiff und segelte westwärts. Als er am Horizont das rote Segel von Prinz Eisenherz' Schiff sah, lachte er nur. Keiner wagte, ihm auf das unbekannte Meer zu folgen. Doch Prinz Eisenherz gab nicht auf. Er entdeckte auf der Fahrt Island, doch Aletas goldenes Haar und ihre grauen Augen zwangen ihn weiter.

* *Diese Geschichte wird ausführlich erzählt in der Epidsode ,,In der Neuen Welt" in Band 2 unserer Serie ,,Prinz Eisenherz"*

Ulfrun ließ seine Männer hart in den Wind rudern, um das Segelschiff weit hinter sich zu lassen. Aber schon bald waren die roten Segel wieder in Sicht. Ulfrun führte seine Gegner nicht in den Untergang, er floh nun vor Eisenherz. Des Entführers Liebe zu Aleta verkehrte sich in Haß. Er schlug seine Gefangene nieder, zog sein Schwert. Aletas Handarbeiten lagen zerstreut auf dem Deck, Hemdchen und Söckchen für ein Baby! Ulfrun wagte nicht, sein Opfer zu töten. Seine Mannschaft schützte die junge Frau, die ein Kind erwartete. Dann wieder Land in Sicht. Die Schiffe hatten das große Meer des Unbekannten überquert. In einen Fluß eingelaufen, konnte Ulfrun dem Prinzen nicht mehr entkommen.

Ulfrun war geflohen, Prinz Eisenherz war ihm gefolgt. Am Rande der Donnernden Wasser stellte er den Schurken, zog das Singende Schwert. Ulfrun wich einen Schritt zurück und stürzte den tosenden Wasserfall hinab. Endlich wieder mit seiner Aleta vereint, zeigte er ihr einen winzigen Strumpf, den er zu Hause gefunden hatte. „Ich mußte dich finden."

„Das war die Geschichte, wie meine Eltern in das Land deiner Mutter kamen", sagte Arne. Hatha, Sohn von Boltar und der rothäutigen Tillicum, setzte die Erzählung fort.

Das Wikingerschiff landete, die Eingeborenen betrachteten Aleta mit Scheu und Ehrfurcht. Sie hatten noch nie eine Frau gesehen, deren Haar glänzte wie Sonnenlicht auf reifem Korn, deren Augen grau waren wie der Regen, der den Feldern Fruchtbarkeit brachte. Sie nannten sie Sonnenfrau und verehrten sie als Bringerin der Ernte. Als die rothäutigen Menschen merkten, daß die Sonnenfrau schwanger war, versammelten sich die Häuptlinge und die weisen Frauen, brachten ihr viele Geschenke dar. Eine der Gaben war Tillicum, die der Erntebringerin dienen sollte.

Die Ernte in jenem Herbst war reich. Die Jagd im Winter brachte viel Fleisch. Als der Frühling kam, herrschte kein Hunger. In diesem Frühjahr wurde Arne geboren, von den Rothäuten verehrt, von den treuen Wikingern als künftiger König bejubelt. Das Schiff wurde nun für die lange Rückreise ausgerüstet. Dann kam der Augenblick des Abschieds. Große Trauer herrschte bei den Menschen der Neuen Welt, Tränen wurden vergossen. „Wenn die Sonnenfrau uns verläßt, wer bringt unseren Saaten Fruchtbarkeit, wer den Früchten die Reife?“ Aleta sprach ihnen Trost zu: „Nicht durch meine Gnade werdet ihr glücklich sein. Eure Weisheit und euer Fleiß bringen euch ein sorgenfreies Leben. Und eines Tages mag mein Sohn zurückkehren, euch zu helfen, zu Glück und Größe zu finden.“ Dann verließen die Menschen aus Thule eine Neue Welt.

„Ich bin verpflichtet, über das unbekannte Meer in das Land meiner Geburt zurückzukehren, meiner Mutter Gelöbnis zu erfüllen“, rief Arne, von Begeisterung erfüllt, gegen den Wind, „und du mußt mit mir kommen, Hatha! In das Land der Donnernden Wasser, das die Rothäute Niagara nennen.“

Aber noch konnte Arne seinen Entschluß den Eltern und König Aguar, seinem Großvater, nicht mitteilen. Denn es wurde ein rauschendes Siegesfest gefeiert auf Wikingsholm. Der Sieg über Skogul Oderson und seine

räuberische Invasionsarmee wurde so feste gefeiert, daß die Festung bis in ihre Grundmauern erschüttert wurde. Von einem Balkon aus sah die königliche Familie später auf die zerstörte Halle. „Jeder Sieg kostet seinen Preis“, sprach Aguar voller Wehmut, „um Speis und Trank zu bezahlen, haben wir die Schatzkammer geplündert, um gastfreundlich zu sein, mußten wir die Verwüstung von Wikingsholm in Kauf nehmen.“

Die Folgen des Festes wurden überwunden, jetzt endlich . . .

. . . konnte Arne seinen Eltern gegenübertreten und von seinem Entschluß erzählen. Hatha bat seine Eltern, ihm zu erlauben, das Land zu sehen, aus dem seine Mutter kam. „Ich habe dir bisher nichts von meinem Versprechen erzählt", sprach Aleta mit angstbeklommener Stimme zu ihrem Sohn, „weil du noch so jung warst. Ich wollte warten, du solltest erst größer und stärker sein. Jetzt, da du alles weißt, wirst du nicht eher Ruhe geben, bis mein Versprechen eingelöst ist. Ich kenne dich, mein großer Sohn." „Der Sommer geht zur Neige", sprach Tillicum, „vor dem nächsten Frühling könnt ihr nicht aufbrechen, es müssen viele Vorbereitungen für die große Fahrt getroffen werden. Verbringt den Winter bei uns zu Hause, lernt unsere Sprache sprechen und die Gebräuche und die Art meines Volkes."

Das Schiff umsegelte die Landspitze, nahm Kurs auf Boltarshof. Arne starrte über die Wogen des wilden, grauen, grenzenlosen Ozeans. Zweifel beschlichen ihn. „Habe ich genug Umsicht, Klugheit und Mut, das große Abenteuer zu bestehen?"

Aber Arne blieb nicht viel Zeit, sich um die Gefahren und Fährnisse der nahen Zukunft zu sorgen. Nachdem das Langschiff unterhalb des festungsartigen Anwesens von Boltar gelandet war, hatte Arne vielerlei Verpflichtungen zu erfüllen. Gundar Harls Segelschiff, das die Fahrt in eine Neue Welt schon vor vierzehn Jahren gemacht hatte, wurde überholt. Proviant, Werkzeuge, Tauschwaren, Waffen und allerlei Dinge, die für das große Abenteuer gebraucht wurden, mußten bis zum Frühjahr beschafft werden. Der Herbst war sonst immer die Zeit, mit den Falken und den Hunden auf die Jagd zu gehen. Nicht aber diesmal. Arne mußte eine fremde Sprache lernen, sich in fremden Gebräuchen unterrichten lassen.

Die Seefahrer der damaligen Zeit hatten weder Kompaß noch Sextant, um zu navigieren. In der Nacht orientierten sie sich am Nordstern, am Tage zeigte ihnen die Sonne die Richtung, und die Länge des Schattens am Mittag bestimmte den Breitengrad. — Boltars Schiffe wurden an Land gezogen, für den Winter vorbereitet. Die Wikinger, nach vielen Monaten des Umherstreifens auf bekannten und unerforschten Meeren, verließen Boltarshof, um nach Hause zu gehen. Arne versuchte, unter ihnen eine Besatzung für sein großes Abenteuer anzuheuern. Aber die Männer wollten heim. Tapfere Krieger folgten seinem Vater, unerschrockene Männer leisteten Boltar gern Gefolgschaft, für ihn jedoch wollte keiner freiwillig die Gefahr suchen.

Der erste Frost. Die Wälder glühten in den Farben des späten Herbstes. Arne blickte versonnen zu Gundar Harls Segelschiff. Und er fragte sich, wie viele von der Besatzung im Frühjahr mit auf die große Fahrt ins Abenteuer gehen würden.

Gundar konnte nur wenig Zuversicht verbreiten: „Meine Mannschaft ist durch unsere Handelsfahrten reich geworden. Sie wird kaum begeistert sein, über das unbekannte Meer zu segeln — ohne Aussicht auf guten Gewinn."

„Ich glaub nicht", grollte Boltar freundlich, „daß sich einer meiner Krieger für diese Reise melden wird. Frag sie nur, aber sie sind es gewöhnt, nur auf Fahrt zu gehen, wenn sie rauben und plündern können."

Da erhob sich Tillicum. „Ich, Boltars Frau und Hathas Mutter, werde im Frühjahr mit Gundar Harl in meine Heimat segeln, dorthin, wo Prinz Arne geboren worden ist. Und wir wollen nicht von Männern begleitet sein, deren Sinn nur nach Gewalt und Raub steht. Willkommen sind uns aber die, die ehrlich Handel treiben wollen. Die mit kostbaren Pelzen, mit Schmuck aus Gold und Kupfer beladen wieder heimkehren wollen."

„Schau, Hatha, die Worte deiner Mutter zeigen Wirkung. Nicht bei den älteren Männern, die ihre gewohnten Wege nicht mehr verlassen können. Aber bei den jüngeren, die neue Abenteuer nicht versäumen möchten", flüsterte Arne. Ja, die jungen Männer hatten jetzt ein Thema, über das sie während der langen Wintermonate sprechen konnten. Würde ihre Begeisterung angefacht werden? Oder würde ihre Abenteuerlust schwinden?

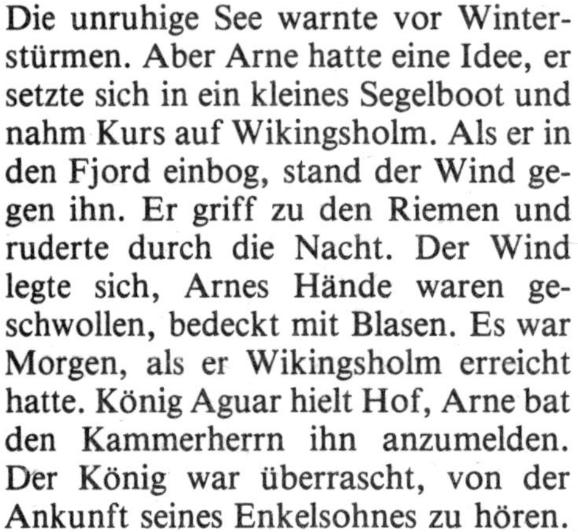

Die unruhige See warnte vor Winterstürmen. Aber Arne hatte eine Idee, er setzte sich in ein kleines Segelboot und nahm Kurs auf Wikingsholm. Als er in den Fjord einbog, stand der Wind gegen ihn. Er griff zu den Riemen und ruderte durch die Nacht. Der Wind legte sich, Arnes Hände waren geschwollen, bedeckt mit Blasen. Es war Morgen, als er Wikingsholm erreicht hatte. König Aguar hielt Hof, Arne bat den Kammerherrn ihn anzumelden. Der König war überrascht, von der Ankunft seines Enkelsohnes zu hören.

Warum kam sein Enkel als ein Bittsteller zur Audienz? ,,Was können wir für Euch tun, Prinz Arne?" ,,Majestät", fragte Arne, ,,es ist doch wahr, daß Ihr vor Jahren eine Belohnung für den ausgesetzt habt, der neue Länder entdeckt, neue Handelswege öffnet?" ,,Ja, so sagt es das Gesetz. Der Anführer erhält den Titel eines Grafen — und viel Land. Jeder aus seiner Mannschaft bekommt ein Anwesen zugesprochen und seinen Geldbeutel gefüllt. Aber warum, Arne, kommst du als Bittsteller, du weißt doch, daß deine Familie dir jede Hilfe gewähren kann?" ,,Das ist mein Abenteuer, Majestät", antwortete Arne stolz, ,,und ich will keine Gunst, ich will Gerechtigkeit." Nun gab es auf dem Wege des Abenteuers kaum mehr ein Hindernis. Arne mußte nur noch all die Fürsorge und Liebe, die ihm durch all die Jahre gewährt worden waren, hinter sich lassen.

Am frühen Morgen war Arne schon wieder unterwegs. Eine frische Brise brachte ihn aus dem Trondheimfjord. Er segelte im Schutz der Inseln, der Küste vorgelagert. Als er um die Landzunge manövrierte, um in den Fjord einzulaufen, an dem Boltars Anwesen lag, traf die volle Wucht der offenen See das kleine Boot. Das Segel ging in Fetzen, wild flatternd drohte es, das Boot zum Kentern zu bringen. Arne kappte den Mast, warf ihn über Bord. Bis er die Riemen gepackt hatte, hatten die Gewalt des Windes und der Wogen das leichte Gefährt schon gefährlich nahe an die steilen Felsen der Küste getrieben. Trotz Arnes verzweifelten Ru-

derns geriet das Boot immer näher an die aufragenden Klippen. Wenn er den aussichtslosen Kampf gegen die tobenden Elemente fortsetzte, blieb ihm später keine Kraft, sich zu retten. Wohlüberlegt steuert er das Boot auf eine Woge, ritt hoch auf ihrem Kamm. Mit rasender Geschwindigkeit stürzte die Woge auf die drohenden Felsen der Steilküste zu. Im nächsten Augenblick mußte sich das Schicksal Arnes entscheiden.

Die Woge explodierte mit ungeurer Wucht, warf das Boot auf eine Felsstufe. Arne kletterte schnell aus dem Zugriff der klatschenden Brecher. Er blickte zurück und sah, wie die Wucht der Wellen sein Boot in Stücke riß. Ein Zittern ergriff ihn. Bis eben hatte er für Gefühle der Furcht keine Gelegenheit gehabt. Schnell fand er zu weiterem Handeln. Er suchte sich eine geschützte Stelle, wrang das Wasser aus seinen Kleidern. Von der Anstrengung war ihm nicht kalt. Es wurde dunkel, kalter Wind versprach Frost. Arne lief los, Unterkunft, Wärme und Nahrung zu finden.

Arne lief landeinwärts, seine feuchte Kleidung war gefroren. Da hob er den Kopf und atmete tief ein. Ganz schwach, aber unverkennbar: der Geruch brennenden Holzes. Diesem Geruch des Rauches folgend, roch er bald die Ausdünstung von Vieh. Ein Bauernhof, dem sich Arne vorsichtig näherte. Arne rief einen Gruß. Eine Tür wurde geöffnet, Licht flutete durch das Dunkel. Arne trat näher, wußte sich beobachtet. Vor dem Haus nannte Arne seinen Namen, gab bekannt, warum er hier war. Die Einwohner baten ihn durch eine kleine Tür herein, die dem Gast nicht gestattete, sich ungebührlich zu betragen. Es konnte schon gefährlich sein, nachts in ein Wikingerhaus einzutreten.

Arne erzählte von seinem Abenteuer, wie er sich gerettet hatte. Die Zuhörer nickten, sie wußten, der Enkel ihres Königs war ein Glückspilz. Was er auch unternahm, es endete günstig. Arne berichtete von seinem Vorhaben, von dem Versprechen des Königs.

Am frühen Morgen ruderten junge Wikinger den Prinzen über den Fjord. Auf der Fahrt stellten sie viele Fragen über die große Reise im Frühjahr. Arne schöpfte Hoffnung, er würde doch eine Mannschaft aufstellen können. Schließlich, in Boltarshof angelangt, hatten sich einige der jungen Männer durchgerungen, sie fragten, ob sie mitfahren könnten in die Neue Welt.

An den langen Winterabenden war der Skalde, ein fahrender Dichter und Sänger, ein gern gesehener Gast. Zur Harfe sang er Lieder von Göttern und Helden. Die Wikinger hörten besonders gern die Saga von Prinz Eisenherz, der bis ans Ende der Welt gesegelt war, um die schöne Aleta vor dem Entführer zu retten. Nach dem Vortrag sprach Arne: „Ein wahrhaft großes Poem, daß Ihr gedichtet und gesungen habt, edler Skalde. Aber es fehlt die letzte Strophe von Königin Aletas Versprechen, daß ihr Erstgeborener in jenes ferne Land zurückkehren werde. Ich werde im Frühjahr in die Neue Welt fahren, ihr Gelübde zu erfüllen."

Der Skalde, ein besonders im Winter geschätzter Mann, war auf dem Wege nach Wikingsholm. Er war auf jedem Gehöft und in jedem Dorf ein willkommener Gast. Und er war ein eifriger Werber für Arnes Frühjahresfahrt in die Neue Welt.

Die weitgereisten Wikinger lauschten seiner wilden Musik und träumten von neuen Abenteuern und neuen Ländern.

Nach einer Pause griff der Skalde wieder in die Saiten und setzte seinen großen Gesang von Aleta und Prinz Eisenherz mit der letzten Strophe fort, die er „Die Herausforderung und die Erfüllung" nannte.

Er sang auch von König Aguars Belohnung, die so manches Wikingers Wünsche zu erfüllen versprach.

Bald kämpften sich viele junge und abenteuerlustige Männer durch den Schnee, um Boltarshof zu erreichen. Sie wollten einen Platz auf dem Schiff des jungen Prinzen bekommen und des Königs Belohnung gewinnen.

Die wirkliche Leitung der Expedition lag, ohne daß es auffiel, in den sanften Händen von Tillicum. Während des Winters hatte sie Arne die Sprache ihres Volkes gelehrt, hatte ihn auch in der Zeichensprache unterrichtet, mit der sich die verschiedenen Stämme verständigen konnten. Die Anwärter auf die Schiffsplätze im Frühjahr hatten zu arbeiten. Sie fertigten ihre eigenen Handelswaren — Äxte, Angelhaken, Messer, Speer- und Pfeilspitzen. Tillicum wußte, was ihr Volk brauchte. Die Frauen webten Stoff, tauchten Tuche stundenlang in Färbebottiche, um leuchtende Farben zu erzielen, die Augen eines fernen Volkes zu erfreuen.

Die Tagundnachtgleiche kam und verging, im Kalender stand der Frühlingsanfang. Boltarshof lag immer noch in dichtem Schnee. Es schien, der Winter wollte nie mehr enden. An einem frühen Morgen wurde Arne von einem Geräusch wach — fallende Wassertropfen. Er schlug die Fensterläden auf. Tauwetter! Der weiße Mantel, der alles eingehüllt hatte für lange Monate, zerschmolz langsam. Und dort unten an der Küste, Arne sah es mit freudigem Blick, nahmen Männer die Planen und Schutzhüllen von Gundar Harls Segelschiff fort.

Und endlich kam auch der langersehnte Tag, an dem das Schiff gründlich inspiziert und wieder seetüchtig gemacht wurde. Die Masten wurden an Deck aufgerichtet, die Segel an den Rahen befestigt und hochgezogen. Aus weitem Umkreis kamen Männer herbeigeeilt, sie halfen, das stolze Schiff zu Wasser zu lassen. Langsam rollte das Schiff über die unterlegten Baumstämme die flache Küste hinab in das Wasser des geschützten Hafens. Arne freute sich. Jetzt konnte es nur noch Stunden dauern, bis sie in See stachen. Endlich konnte ein großes Abenteuer beginnen!

Berge von Vorräten und Handelsgütern wurden an Bord geschafft und sorgfältig verstaut. Die Wasserfässer wurden gefüllt. Sollten die Winde ungünstig wehen, dann müßte die Expedition viele Monate auf See verbringen.

Am Vorabend der Abreise trafen Prinz Eisenherz und Aleta ein, ihrem Sohn eine gute Reise zu wünschen. Viele Jahre lang hatte Aleta lächeln müssen, wenn ihr Mann sich voll Freude in Gefahr begab. Jetzt mußte sie Fassung bewahren, ihr junger Adler hatte Schwingen bekommen. — Boltar veranstaltete ein großes Abschiedsfest, in der Halle drängten sich die jungen Wikinger, die noch hofften, mitfahren zu können. Prinz Arne sprach: „Die Besatzung ist ausgewählt. Sollte es unter diesen Männern einige geben, deren Mut sinkt in Gedanken an lange Monate auf See und unbekannte Küsten hinter dem Horizont, so meldet euch jetzt. Es gibt andere, die gern euren Platz einnehmen wollen.“

Drachenschiffe eskortierten das Segelschiff auf die offene See, es vor räuberischen Seefahrern zu schützen. Während des ganzen Winters war die Rede von Arnes Expedition gewesen. Svere Hoder, ein wilder Häuptling der Wikinger, hatte es auf die Vorräte und Güter an Bord von Gundar Harls Schiff abgesehen. Als die Begleitschiffe abdrehten, nahm er die Verfolgung auf.

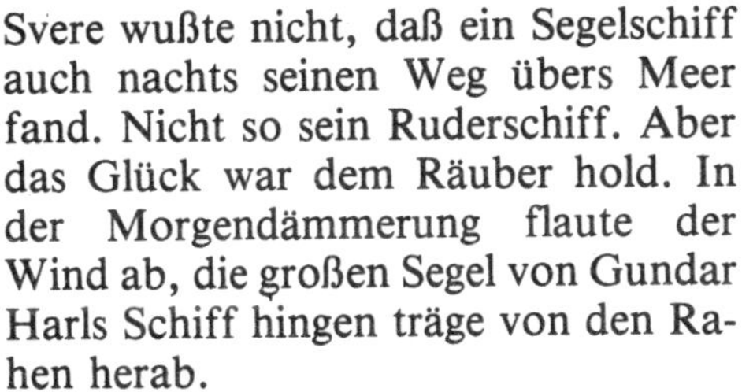

Svere wußte nicht, daß ein Segelschiff auch nachts seinen Weg übers Meer fand. Nicht so sein Ruderschiff. Aber das Glück war dem Räuber hold. In der Morgendämmerung flaute der Wind ab, die großen Segel von Gundar Harls Schiff hingen träge von den Rahen herab.

Als ihre Beute in Sicht kam, ruderten Sveres Männer mit doppelter Kraft. Sie johlten und grölten und brachten sich in Kampfstimmung. Prinz Arne wunderte sich über die seltsamen Vorbereitungen, die Gundar Harl traf, um sich gegen den Angriff zu wappnen. Zwei Rahen wurden fest miteinander verbunden. Gundar holte eine Lederflasche hervor — seine Wunderwaffe. Er öffnete den Verschluß und befestigte eine Zündschnur.

Und immer näher kam das Drachenschiff, die Räuber schlugen ihre Schwerter auf die Schilde. Die reiche Beute konnte ihnen nicht entkommen. Und was wollten diese jungen Kerle an Bord des Segelschiffs gegen eine im Kampf erprobte Mannschaft schon ausrichten? Svere Hoder und seine Männer wußten, daß der Kampf kurz sein würde. Keiner in Thule würde je erfahren, was mit dem Segelschiff und seiner Besetzung geschehen wäre. Mit kräftigen Ruderschlägen kam das Schiff des Räubers näher. Enterhaken wurden schon wurfbereit gehalten. Nur noch wenige Augenblicke . . .

„Die wenigen Bogenschützen und diese kleine Flasche, mehr haben wir nicht zu unserer Verteidung?“ fragte Arne. „Diese Flasche habe ich von meiner letzten Fahrt ins Mittelmeer mitgebracht“, erklärte Gundar, „diese geheimnisvolle Waffe heißt Griechisches Feuer. Jetzt gib acht!“

Die Rahe schlug auf das Deck des Drachenschiffes, verhinderte, daß die beiden Schiffe sich näherkamen. Und die Flasche sprühte Funken, sandte Feuerbälle aus. Wasser konnte das Feuer nicht löschen. Das ölige Gemisch schwamm brennend auf dem Wasser. Je mehr Wasser ins Feuer geschüttet wurde, desto mehr griff das Feuer um sich.

Es tropfte auf die Ruderbänke, verbrannte die Riemen, an die sich die Ruderer krampfhaft klammerten. Die Flammen schlugen bald hoch, griffen in die Segel. Von oben fielen brennende Fetzen auf die verschreckten Krieger herab. Mancher versuchte dem Flammeninferno durch einen Sprung ins Wasser zu entkommen.

In die Panik ergoß sich jetzt noch ein Pfeilhagel, abgeschossen hinter der hohen Reling des Segelschiffes.

Langsam brannten die Flammen aus, das Feuer verlosch auf dem Drachenboot. „Habt Ihr noch mehr Griechische Feuer?" fragte Arne. „Nein", mußte Gundar antworten, „in dieser Flasche ist nur Wasser. Aber das wissen die Räuber nicht." „Aus was besteht das Griechische Feuer?" „Man sagt, die wichtigsten Bestandteile sind Erdöl, Schwefel, Pech und Harz. Zu

welchen Teilen diese Stoffe vermischt werden müssen, welche anderen Zugaben nötig sind, ist ein großes Geheimnis, das nur wenige in Griechenland wissen. Durch Wasser ist das Griechische Feuer nicht zu löschen, nur durch Harn, Weinessig oder Sand."

Auf Svere Hoders Schiff versuchten die Männer, die Schäden zu reparieren. Gundars Segelschiff schaukelte sanft im windstillen Meer. Der Mond ging hinter langsam dahinziehenden Wolkenfetzen auf. „Hißt die Segel!" befahl Gundar, „bald wird ein Wind aufkommen." Ein launischer Wind füllte die Segel, bald waren die Seeräuber in der Dunkelheit verschwunden. Beim Morgengrauen war aus dem Wind eine steife Brise geworden, die das Schiff vor sich hertrieb, steigerte sich zum Sturm.

Tage vergingen. Dann erschöpfte sich die Kraft des Sturms. Inzwischen war das Segelschiff so weit nach Süden getrieben worden, daß Gundar Harl beschloß, Kurs auf die Shetland Inseln zu nehmen. Hier füllten sie die Wasserfässer, konnten aber auf der baumlosen Insel ihr Brennmaterial nicht ergänzen. ,,Von hier aus, Prinz Arne, haben Euer Vater und ich damals die Reise über das unbekannte Meer angetreten.'' Gegenwinde verzögerten das Erreichen der nächsten Etappe ihrer Reise. Nun war schon ein Monat vergangen, seit sie aus dem Heimathafen ausgelaufen waren. Als endlich die Färöer Inseln in Sicht kamen, war ihnen das Holz ausgegangen.

Während die Wasserfässer wieder gefüllt wurden, meldete ein Kundschafter: „Auf dieser verdammten Insel gibt es keine Bäume." Ein anderer, der den Strand abgesucht hatte, brachte eine bessere Botschaft: „In einer Bucht liegt ein gestrandeter Wal und verfault in der Sonne. Und nicht weit davon das Wrack eines vom Sturm zerschmetterten Langschiffes." „Zerlegt den Wal, kocht Tran aus seinem Fett. Das können wir verbrennen, wenn uns wieder das Holz ausgeht", ordnete

Gundar an. Einige der Männer zerlegten das Wrack des alten Schiffes, zerschlugen die Spanten und Planken zu Brennholz, bündelten die Scheite und verstauten sie an Bord. Andere Mitglieder der Mannschaft schnitten den Speck in dicken Streifen vom Kadaver. In großen Kesseln kochten sie das Fettfleisch und gossen das Öl in Ledersäcke. Hier arbeiteten die Männer besonders schnell. Schließlich lag der Wal schon lange am Strand, und sein Gestank vermischte sich mit dem Qualm der Ölkocherei. Hier erwies sich, wer heldenhaft gegen größte Widrigkeiten kämpfen konnte. Die Abspecker und Ölkocher wurden nur in der ersten Zeit von den anderen Männern der Mannschaft gemieden. Bald waren wieder alle gleich . . .

. . . denn der tranige Geruch breitete sich auf dem ganzen Schiff aus. Ein paar Späne in einer ölgefüllten Pfanne ergaben ein heißes Feuer — und eine dicke Qualmwolke, die alle quälte und alles mit einer Rußschicht bedeckte. Und was es auch zu essen gab — es schmeckte immer etwas nach Tran. — ,,Wo wir wieder auf Land stoßen, ist noch nicht sicher", erklärte Gundar, ,,als Prinz Eisenherz und ich nach Westen segelten, jagten wir hinter Ulfrun her und mußten oft den Kurs ändern. Jetzt können wir die richtige Richtung nur vermuten."

Eine günstige Brise wehte, das große Segel war gesetzt, und das Schiff ging eine Woche lang vor dem Wind geschwind durch die unbekannte See.

Den ganzen Tag schon hing eine große weiße Wolke bewegungslos am Horizont. Mit jeder Stunde wurde sie größer, wuchs wie ein Berg aus dem Meer. Schließlich rief Gundar Harl aus: „Das ist ein Berg! Mit Gletschern bedeckt. Jetzt erkenne ich ihn wieder. Der Platz unseres nächsten Landganges."

Sie hatten Island erreicht. Dieses Eiland hatten Gundar Harl und Prinz Eisenherz vierzehn Jahre vorher passiert, aber sie waren nicht an Land gegangen, sie hatten Ulfru verfolgt. Langsam kreuzte das Schiff vor der Küste, einen sicheren Ankerplatz suchend. Von den Bergen herab ergossen die Gletscher ihre eisigen Massen in die seichte See. Endlich fanden sie in einer Flußmündung einen Liegeplatz. Am Bug wurde der Drachenkopf aufgerichtet, die Eingeborenen zu erschrekken — wenn es in diesem Land überhaupt Menschen geben sollte. Ein Boot wurde zu Wasser gelassen, eine kleine Gruppe schickte sich an, auf Erkundung zu gehen.

Arne und Hatha landeten an der Küste dieses Eislandes. In ihrer Begleitung zwei unerschrockene Krieger — falls ihnen hier Gefahren auflauern sollten. Üppiger Wiesenwuchs bedeckte die Ebene an der Küste. Doch weiter im Inland trafen sie auf eine unheimliche Welt voller Schrecken. In Teichen heißen Schlammes brodelte es, platzten große Blasen. Aus Erdlöchern entströmte heißes Gas, zischend und übelriechend. Geysire stießen kochendes Wasser in die Luft.

Arne freute sich des Wunderlandes mit seinen Gletschern, Lavaströmen, Dampflöchern, fischreichen Flüssen. Nur Bäume gab es nicht. Für die beiden Krieger war es das Land am Ende der Welt, wo Trolle und Dämonen die Erde erschütterten und heißen Dampf ausatmeten. Arne und Hatha erstatteten Bericht. Die zwei Wikinger erzählten von den Schrecknissen, verbreiteten Furcht und Angst. Um nicht als feige zu gelten, übertrieben sie gewaltig. Der reiche Fischfang füllte die Lebensmittelvorräte auf. Die vielen Robben am Strand mußten dafür herhalten, die Brennstoffvorräte zu ergänzen. Ihr Fett wurde wieder zu Öl gesotten.

Ein Erdstoß zerstörte den Steinturm, den Gundar hatte errichten lassen zum Zeichen, daß dieses Land für den König von Thule entdeckt und in Besitz genommen worden war. Die schrecklichen Geschichten, die die Männer über dieses heiße Eisland vernommen hatten, verwandelte ihre Furcht in helle Panik. Tapfere junge Krieger, die lachend in die Schlacht gezogen waren, hatten Angst und rannten zu ihrem Boot. Dort trafen sie auf Tillicum. „An Winterabenden wird man die lächerliche Geschichte erzählen von den mutigen Helden, die alles stehen und liegen ließen vor Angst — obwohl keinem ein Leid geschah."

Schamesröte überzog die Gesichter der Männer, sie schlugen die Augen nieder, senkten die Köpfe. Ruhig packten sie die großen Kessel ein, verluden das Öl, die Fangnetze und die Fische, ihr Handwerkszeug. Dann ruderten sie zum Schiff. Bald war alles verstaut, und man wartete auf die Flut. Tillicums schwarze Augen sahen in jedes Gesicht, eindrucksvoll waren ihre Worte: „Ihr habt euch freiwillig zu dieser abenteuerlichen Fahrt ins Unbekannte gemeldet. Aber wenn euch das Unbekannte begegnet, schreckt ihr zurück, verzweifelt. Ein verkrüppelter Kapitän" — sie wies auf Gundar Harls linken Arm, dann auf Prinz Arne und ihren Sohn Hatha — „zwei Jungen

und eine Frau halten durch. Sollte man von euch weniger verlangen?"

Das Wasser stieg, die Flut erreichte ihren höchsten Stand. Ein Boot nahm das Schiff ins Schlepptau. Kräftige Ruderschläge brachten es aus der Flußmündung in das offene Fahrwasser. Die Segel wurden gehißt, blähten sich im Wind. Das Schiff nahm Fahrt auf. Die gefährlichste Etappe der Reise hatte begonnen. Würde sie an das ersehnte Ziel führen? Oder würde das Schiff für immer verloren gehen?

Gundar studierte die Aufzeichnungen, die er auf seiner ersten Reise angefertigt hatte. Einen Monat würde es noch dauern, berechnete er, bis sie wieder auf Land stoßen würden, wo sie Lebensmittel, Wasser, Brennmaterial finden könnten. Arne und Hatha beobachteten, wie das Eisland im Meer hinter dem Horizont verschwand. Sie staunten immer noch ob der Wunder, die sie gesehen hatten. Olin und Karl aber, die beiden Krieger, die Arnes und Hathas Expedition begleitet hatten, hatten andere Erinnerungen. Sie erzählten immer noch von den Schrecken dieser Insel, von Trollen und Dämonen bewohnt.

Die ganze Mannschaft war furchterfüllt. In der Nacht dann ein Dröhnen und Grollen, Bersten und Krachen. Am Morgen war der Grund dafür zu sehen: das Schiff segelte an einem Land vorbei, wo von der Berge Höhe herab sich Gletscher ins Wasser warfen. Hier konnten sie nicht an Land gehen. Sie nannten es Gletscherland — spätere Reisende fanden dort grüne Wiesen im Sommer und nannten es Grönland. Die Wasservorräte gingen zur Neige, was sich vor der Mannschaft nicht verheimlichen ließ.

„Wir müssen hier eine Landungsstelle finden“, seufzte Gundar, „unsere Männer können nicht auch noch Wassermangel erleiden.“ Das dichte Packeis verhinderte, die Küste anzulaufen. Von Osten blies ein warmer Wind, brachte dichten Nebel mit. Als der Nebel sich verzogen hatte, waren sie an dem Gletscherland vorbeigesegelt. Jetzt gab es auch kein Packeis mehr. Dafür kreuzten riesige Eisberge ihren Kurs. „Packeis ist gefrorenes Seewasser, aber die Eisberge sind aus dem Schneewasser der Gletscher entstanden — aus Süßwasser“, überlegte Arne und befahl: „Laßt das Boot zu Wasser!“ Obwohl er der Anführer der Expedition war, hatte er bisher Gundar Harl die Befehle erteilen lassen. Olin und Karl flüsterten mit den meuterwilligen Männern.

Die Männer zögerten, Arnes Befehle unverzüglich auszuführen. Diese Verweigerung bewirkte eine kaum merkliche Änderung in des Jünglings Wesen. Er, Abkömmling von Kriegern und Königen, Königinnen und tapferen Frauen, wurde jetzt zum Mann. „Olin! Karl! Laßt das Boot zu Wasser!" Obwohl Arne fast leise gesprochen hatte, war seine Stimme jetzt voller Selbstvertrauen. Jetzt gehorchten die Männer. — Ein Berg aus Süßwasser — aber wie sollte man sein Wasser gewinnen! Der Eisberg trieb durchs Meer, an seinen Abhängen schlugen hohe Wellen hoch, Eisbrocken lösten sich, fielen von oben herab. Arne zerstieß mit seinem Speer diese kleinen Brocken, mit klammen Händen packten die Männer die glatten Eisstücke ins Boot. Es wurde Nachmittag, bis das Boot beladen war und zum Schiff zurück gerudert wurde. Eine Woche würde es dauern, auf diese Art die Wasserfässer zu füllen. Und wer wußte, wann das Wetter umschlagen würde? Arne nahm das größte Schleppnetz, fing einen riesigen Brocken des Eisberges.

Das Netz mit dem kleine Eisberg wurde zum Schiff geschleppt, jetzt konnten alle Hände fleißig zugreifen. Die Männer hatten so viel zu tun, daß sie nicht mehr an eine Meuterei denken konnten. Bald war das Deck des Schiffes mit glitzerndem, glitschigem Eis bedeckt. Der nächste Tag brachte strahlenden Sonnenschein. Aus dem Lagerraum ließ Arne ein neues Großsegel holen, es war unbenutzt und noch nicht mit Salzwasser in Berührung gekommen. Die Wikinger verbrachten ihre Zeit mit der Herstellung von Eiswürfeln. Und sie konnten sehen, wie die Strahlen der Sonne auf dem weißen Segel die Wasserfässer füllte.

Die stolzen Krieger, die gegen einen Jüngling hatten meutern wollen, erkannten Arne als ihren Anführer an, sie erinnerten sich, daß er ein Glückspilz war, dem alles zum Guten geriet. Auch Hatha hatte einen Anführer gewonnen, allerdings einen Spielkameraden verloren. Gundar bemerkte: „Darauf habe ich gewartet." Und Tillicum, einst Arnes treues Kindermädchen, strahlte voller Stolz. Olin und Karl erzählten weiterhin ihre Schreckensgeschichten von den Dämonen, die die Erde erzittern ließen und kochendes Wasser ausspieen. Sie konnten es nicht lassen, doch jetzt fügten sie immer hinzu, wie unerschrocken Arne durch alle Gefahren gewandert war. — Weiter zog das Schiff gen Nordwest. Durch Regen und Nebel, man hoffte, nicht den Kurs eines Eisbergs zu kreuzen, ohne ihn zu sehen. Eines Tages endlich der glückliche Schrei des Ausgucks. Er hatte ein Stück Treibholz gesehen, Land in der Nähe! Als das Land schließlich in Sicht kam, schüttelte Gundar den Kopf. An diese Küste konnte er sich nicht erinnern.

Arne und Hatha gingen an Land. Olin und Karl begleiteten sie, ließen sich nicht anmerken, ob sie Angst hatten. Vor ihnen lag eine unermeßliche Tundra, mit Heidekraut bedeckt, nur von einzelnen verkümmerten Bäumen bestanden. Gundar studierte seine Aufzeichnungen. „Wir sind in einem weit nördlichen Gebiet. Die Küste scheint sich nach Süden hinzuziehen. Wir folgen ihrem Lauf, bis wir in eine wärmere Gegend kommen."

Nachdem sie tagelang an der unwirtlichen Küste von Labrador entlanggesegelt waren, rief Gundar aus: „Das ist die Meerenge, die wir nach dieser schönen Insel hier benannt haben, die Straße von Belle Isle. Wir haben das neue Land wiedergefunden, wo wir vor vierzehn Jahren waren." Für einige Tage lagerten die Wikinger an der Küste von Neufundland. Sie fischten, gingen zur Jagd, schlugen einen großen Vorrat an Brennholz. In den letzten Monaten hatten sie ihr Essen über einem Feuer aus ranzigem Öl kochen müssen. Aus ihrem Landaufenthalt machten die Männer ein einziges riesiges Fest. Und sie vergaßen auch nicht, das Schiff gründlich zu säubern und zu überholen.

Bis jetzt waren die Wikinger noch nicht auf die eingeborenen Bewohner dieser Neuen Welt gestoßen. Da fand eine Jagdgruppe eine verlassene Lagerstätte. Die Gerüste der Behausungen waren zurückgelassen worden, die Asche des Lagerfeuers war noch warm. Die Männer eilten zum Schiff, Tillicum von ihrer Entdeckung zu berichten. ,,Diese Tonscherbe, die ihr gefunden habt", erklärte sie, ,,beweist, daß sie aus der Gegend vom Fluß im Süden kommen. Die Stämme des Nordens töpfern nicht. Es waren keine Mäner auf dem Kriegspfad, denn ihr habt nur die Stangen von drei Zelten gefunden. Wenn die Asche noch warm war, waren die rothäutigen Männer schon hier als wir ankerten. Sogar jetzt beobachten sie uns."

Es war, wie Tillicum gesagt hatte. Die rothäutigen Jäger blickten scheu zu dem großen Kanu hinüber. Sie sahen, wie der gräßliche und furchterweckende Kopf des Drachenungeheuers von den fremden Männern vom Kanu abgenommen wurde. War das ein Zeichen, daß diese fremden Männer mit ihren bleichen Gesichtern und ihrer sonderbaren Kleidung in Frieden gekommen waren? Aufmerksam und voller Vorsicht mußten sie beobachtet werden.

Tillicum öffnete eine Truhe, holte ein Kostüm hervor, das sie genäht hatte, um die Rothäute zu beeindrucken. „Prinz Arne, das ist Eure erste Probe. Seid eingedenk, daß Ihr der Sohn der Sonnenfrau und Erntebringerin seid. Denkt daran, daß Ihr hierhergekommen seid, Eurer Mutter Versprechen einzulösen. Wenn dieser Stamm nicht die Sprache spricht, die ich Euch gelehrt habe, verständigt Euch in der Zeichensprache. Alles andere liegt bei Euch.“ Prinz Arne, unbewaffnet, wurde zur Küste gerudert. Auf der Seeseite des Schiffes wurde ein größeres Boot zu Wasser gelassen. In ihm saßen junge Wikinger, zum Kampf entschlossen, falls es Verdruß geben sollte. Am Waldesrand warteten die rothäutigen Männer.

Arne fuhr zur Küste. Die Rothäute starrten ihn an, wie er da im Boot stand. Einen solchen Menschen hatten sie noch nie gesehen, von so einem hatten noch nicht einmal die Geschichtenerzähler des Stammes gesungen. Und welche Kleidung er trug, diese nie geschauten Farben des Wunders. Er kam sogar ohne Waffen. Arne betrat das Land der Neuen Welt, begrüßte die wartenden Männer, hob die leere Hand als Zeichen des Friedens. Er erzählte ihnen eine Geschichte. Ja, nickten sie mit den Köpfen, sie kannten die Legende von der Sonnenfrau.

Zeichen der Freundschaft und Gastgeschenke wurden ausgetauscht. Arne kehrte zum Schiff zurück. Dort hatte Tillicum lange Zeit unbeweglich am Bug gestanden. Als sie ihren Posten verließ, lächelte sie. „Alle Stämme entlang unseres Weges werden uns in Frieden empfangen", verkündete sie. Denn sie hatte den Läufer gesehen, der das Indianerlager verlassen hatte, in der Hand den Stab des Boten, der ihm freies Geleit gab. — Weiter ging die Fahrt, der Küste entlang. Jeden Tag kostete Gundar Harl das Wasser, schließlich erklärte er: „Süßwasser, wir haben die Flußmündung erreicht."

Bald sah man beide Ufer, und die Strömung verlangsamte die Fahrt des Schiffes. Tillicum war besorgt. „Wir sind an den Jagdgründen vieler Stämme vorbeigekommen, aber wir wurden nirgends begrüßt. Das kann nur bedeuten, daß sie sich flußaufwärts versammeln. Wir werden noch eine Probe zu bestehen haben."

Der Aufbau an Deck des Schiffes wurde abgetragen. Die Handelswaren, die hier gelagert waren, wurden unter Deck verstaut, wo die Lebensmittelvorräte aufbewahrt worden waren. Die Zapfen wurden aus den Ruderpforten entfernt, die Riemen in die Öffnungen gesteckt. Gegen die Strömung mußten jetzt die Ruderer zusammen mit der Kraft des Windes im Segel ankämpfen.

Auf einer felsigen Anhöhe hatten sich die rothäutigen Menschen versammelt, den Fremden zu begegnen. „Was siehst du, Tillicum?" fragte Arne. „Häuptlinge, Medizinmänner, Mitglieder des Ältestenrates. Aber keine Frauen und Kinder. Wir werden uns an der Küste mit ihnen treffen, unterstützt von einer vollbewaffneten Garde der Wikinger."

„Trag dieses Kettenhemd unter deiner Tunika, Arne. Aber keinen Helm. Dein Blondhaar ist dein bester Schutz.“ Arne landete am Ufer des großen Stroms, sein rotblondes Haar glänzte und glitzerte. Ein alter weißhaariger Medizinmann rief aus: „Vierzehn Sommer ist es her, daß ich die Sonnenfrau, die Erntebringerin schauen durfte. Dieser Mann ist wahrhaftig ihr Kind.“ Arne fuhr sich mit den Händen in sein geöltes Haar, nun standen die Strähnen wie Strahlen von seinem Kopf ab. Er hob die Hand zum Friedensgruß. Seine Geste wurde erwidert, aber die Rothäute blieben oben auf dem Felsen. Arne hätte von unten sprechen müssen. Es ziemte sich für den Sohn der Sonnenfrau nicht, von einer niedrigen Position aus Verhandlungen zu führen.

Er schritt würdevoll durch die Ansammlung der verblüfften Männer hindurch und erstieg einen noch höheren Felsen, die Sonne im Rücken. Viele Augenpaare richteten sich gespannt auf den Jüngling und seinen helleuchtenden Haarschopf.

Die Rothäute starrten in stiller Verwunderung Arne an. Niemals zuvor hatten sie eine solch reiche Gewandung gesehen, eine solch bleiche Haut. Und wie seine Haare in der Sonne glänzten, wie Strahlen umspielten sie seinen Kopf. Jetzt sprach er: ,,Ich bin Arne vom jungen Tag, Sohn der Sonnenfrau, Sohn der Erntebringerin, vom Sonnenaufgang bin ich gekommen, ihr Versprechen einzulösen.'' Ein Kriegshäuptling zischte: ,,Wir müssen uns diesen Morgenjüngling greifen. Mit ihm in unserem Stamm werden wir Furcht unter unsere Feinde streuen — und herrschen vom Land des Frostes bis zu den großen Wassern der großen Seen.'' Da berührte ihn einer der Alten am Arm, flüsterte: ,,Überlegt Euch das gut, großer Häuptling. Vierzehn Winter sind vergangen, seit mein Volk gegen diese mächtigen Krieger in den Kampf gezogen ist. Sie sind schrecklich in der Schlacht, und an ihren Körpern prallen unsere Geschosse ab.''

Doch der ehrgeizige Häuptling hatte bereits seine Befehle geflüstert. Ein Stoß warf Arne vom Felsen. „Nehmt den Häuptling gefangen!“ rief Arne, versuchte sein Schwert zu ziehen. Die feste Umklammerung hinderte ihn. Er zückte seinen Sachsendolch. Ein Stöhnen, Arne war frei und stürzte sich ins Kampfgetümmel. Die Rothäute kämpften tapfer.

Kriegskeulen, Tomahawks, Speerspitzen aus Stein trafen auf die festen Schilde und Eisenhelme der Wikinger, prallten ab. Und Arnes Leibwache ging vorwärts — wie Schnitter in einem reifen Kornfeld. Der Tag ging zu Ende, der Kampf war vorbei. Der Stamm hatte seine Häuptlinge verloren, nur der Großhäuptling war noch am Leben. Als Gefangener wurde er vor Arne geführt. Er war auf den Martertod gefaßt, aber man behandelte ihn mit Verachtung. ,,Nehmt ihm seine Ehren- und Rangzeichen weg'', befahl Arne, ,,schafft ihn aufs Schiff.'' Einige der Überlebenden wurden vor Arne gebracht. ,,Ich, Arne, der Erstgeborene der Sonnenfrau, kam zu euch in Frieden und mit Geschenken. Eure Geschenke waren Heimtücke und Hinterhalt. Jetzt zählt eure Toten und berichtet überall, welchen Preis ihr dafür bezahlen mußtet.''

Der große Kriegshäuptling erlebte viele Wunder auf dem riesigen geflügelten Kanu. Er war nicht gefesselt, keiner der bleichgesichtigen Hünen mit dem Gelbhaar beachtete ihn. Am meisten wunderte den Häuptling, daß eine Frau im Rat saß, neben zwei Jünglingen! ,,Unser Schicksal hängt vom Ausgang des nächsten Treffens ab", verkündete Tillicum, ,,Boten werden uns vorauseilen, unser Kommen zu melden."

Das Schiff nahm Fahrt auf, weiter ging die Reise flußaufwärts. Einsam inmitten der Geschäftigkeit der einstmals mächtige Häuptling. Und langsam begann er seine Hinterhältigkeit zu bedauern.

Erst nach einigen Tagen traf das Schiff wieder auf Eingeborene. ,,Das Kanu nähert sich, um ein Palaver zu vereinbaren", sagte Tillicum, ,,zieh dein Festgewand an, Arne. Je weiter wir flußaufwärts kommen, desto besser werden die Menschen die Sprache verstehen, die ich dich gelehrt habe."

Arne hatte fast keine Schwierigkeit, die Rede des Boten zu verstehen. Ein Treffen wurde erbeten. Geiseln sollten ausgetauscht werden, um die gegenseitige Sicherheit zu gewährleisten. Auf einer Insel im Großen Strom sollte die Versammlung sein. „In meiner Begleitung werden zehn Krieger sein", versprach Arne, „ihr könnt hundert Tapfere mitbringen."

„Gut gesagt, Arne", lächelte Gundar, nachdem das Kanu wieder abgelegt hatte, „das zeigt ihnen, daß unsere Männer zehnmal gefährlicher sind als ihre Krieger." Arne wies auf die Gefangenen. „Großer Häuptling der verlorenen Ehre, du wirst die Geisel sein, um sie wissen zu lassen, daß niemand es wagen darf, unseren Zorn zu erregen."

Die Segel wurden eingezogen, auf Tillicums Vorschlag ruderten die Männer das Schiff nahe am Ufer entlang, um sicher zu sein, daß sich nicht eine Flotte von Kanus für einen Überraschungsangriff versteckt hielt.

Die versammelten Rothäute konnten ein Murmeln der Verwunderung nicht unterdrücken, als sie der riesigen Krieger mit dem Gelbhaar ansichtig wurden. Ihre Rüstungen und Waffen glänzten und schimmerten, als sie die Insel betraten. Noch verwunderlicher war, daß der Anführer ein Knabe war. Ein Junge mit bleicher Haut und gol-

denem Haar. Arne wußte, daß dieses Treffen von äußerster Wichtigkeit war. Er mußte die Achtung dieser Menschen gewinnen — vielleicht sogar ihre Freundschaft. Die Jagdgründe dieses Stammes reichten bis zur Berginsel (wo später die Stadt Montreal sich erheben sollte). Arne brauchte die Hilfe dieser Menschen, um die Stromschnellen flußaufwärts bezwingen zu können. Arne sprach: „Als Geiseln geben wir euch Tillicum, eine weise Frau des Rates, Gattin von Boltar, dem berühmten Großkönig des Meeres. Und Hatha, ihren Sohn. Im Austausch habt ihr uns zehn Häuptlingssöhne zu überantworten."

Ein Kanu brachte Tillicum ins Dorf am Fluß. Welches Aufsehen sie erregte! Ihre stolze Haltung, das Glitzern und Glänzen ihres Schmuckes aus Gold und Edelsteinen. Boltar war immer großzügig gewesen und hatte seine Frau mit den Beutestücken aus so mancher befestigten Stadt überhäuft. — Die Geiseln, die von den Rothäuten gestellt wurden, wurden zum Schiff gerudert. Sie hatten später so manche Geschichte vom großen Flügelkanu der weißen Männer zu erzählen. Wie riesig hier alles war. Wer konnte das verstehen?

Die Versammelten, auf der einen Seite die einheimischen Menschen, auf der anderen Seite die großen Bleichgesichter, hatten sich begrüßt, freundliche Worte und Gastgeschenke ausgetauscht. Jetzt hatte Arne eine Gelegenheit, seine Großmütigkeit zu beweisen. Seinen Gefangenen zu sich befehlend, sprach er: „Du bist frei, du kannst gehen, wohin du willst, Häuptling der verlorenen Ehre. Für deinen Stamm ist es nicht gut, ohne einen Anführer zu sein. Selbst wenn er bewiesen hat, wie wenig Klugheit und Weisheit er besitzt."

Das große Palaver dauerte Stunde um Stunde. Oft sehnte sich Arne danach, Tillicum an seiner Seite zu haben, ihre guten und klugen Ratschläge wünschte er sich. Er erinnerte sich, was sie ihm geraten hatte.

Tillicum saß inmitten der Frauen des Dorfes. Sie wurde bestaunt. Die Squaws konnten es kaum glauben, daß eine Frau aus ihrem Volk aus einem Land zu ihnen gekommen war, das weit hinter dem Sonnenaufgang lag. Die Frauen bewunderten den fremdartigen Schmuck, mit dem Tillicum überreich geschmückt war. Fassungslos lauschten sie den Berichten und Erzählungen, die Tillicum ihnen vortrug. Selbst die alten und weisen Frauen hatten noch nichts vernommen, was dem gleich kam. Die Squaws hatten im Rat der Männer nichts zu suchen. Sie wußten ihren großen Einfluß in der Familie geltend zu machen. Sie beherrschten nicht nur die Kinder — meistens hörten auch die Männer auf sie. Was diese Frauen jetzt vernahmen, das gab viel Gesprächsstoff für viele Abende. Das bot später auch vielen Männern Unterhaltung — und gab so manchem Mann zu denken.

Das Palaver auf der Insel dauerte bis tief in die Nacht. Arne und seine Männer erhielten die Erlaubnis zu jagen und Handel zu treiben. Bei den Stromschnellen sollte ihm geholfen werden. Arne versprach, seine Krieger im Zaum zu halten.

Arne versprach aber auch Hilfe — gegen den großen Hunger, der in jedem Winter die Menschen quälte. Die Versammlung endete mit einem feierlichen Gelöbnis, in dem sich die roten und die weißen Menschen Friede und Freundschaft schworen.

Prinz Eisenherz